FLATLAND: A Romance of Many Dimensions

by Edwin Abbott Abbott

愛德溫・A・艾勃特——著

賴以威——譯

目錄

第二部　其他世界　101

序言

如果我那位可憐的平面國朋友，此刻仍舊像當初他撰寫回憶錄時那樣精力充沛，我就不用替他寫下這段序言了。

首先，他誠摯地感謝所有立體國諸君的閱讀與批評。為了回應這些評論，本書不得不以出乎預期的速度再版。其次，他對書中一些印刷以及書寫上的錯誤感到抱歉（儘管他不需要為此負起全責）。

最後，他想針對兩件議題多作解釋。首先，他的心智能力已不復當年。長年的囚禁，大量的質疑與冷嘲熱諷，不僅是沉重的負擔，更讓他的思緒陷入混亂，忘卻了那些曾在立體國短暫停留時學到的專有名詞。因此，他要求我代表他解釋那兩件諸君特別質疑的部份，分別屬於知識性與道德性的議題。

第一項質疑是：平面國國民可以看見一條線。可以「看見」某物即表示該物除了長度，還具有厚度（如果沒有厚度就無法看見）。因此推論平面國國民應該能感知到不僅僅只有長與寬，還有厚度（儘管毫無疑問地，厚度非常薄），或稱之為高度的存在。這是很合乎常理的，對立體國的諸君來說更是理所當然。也因此，在第一次聽到這種論點時，我不知道該怎麼回答。

當我跟我的老友正方形提及這類的反駁時，他回答道：

「我承認，批評者說的沒錯，這些都是事實，但我否定他的結論。的確，平面國裡存在著第三維度——我們沒意識到的『高度』。這就好比立體國也存在著你們沒意識到的第四維度，我不知道它該叫做什麼，暫且稱為『超高度』好了。我們對『高度』的理解，跟你們對『超高度』的理解差不多。就算是我這樣曾到過立體國的人，花了二十四小時的時間徹底搞懂了『高度』的意義，現在我也無法理解，更無法藉著肉眼、或任何理性推演出它的意義。我只是憑著一股信念去相信它的存在。

原因很簡單。維度代表方向、代表測量、代表大小。現在，因為我們所有線段的厚度都是無窮薄（或無窮矮，隨便你怎麼說），沒有任何工具可以協助我們理解這個維度的存在。立體國有位過於輕率的評論家甚至建議我們用『精巧到能量測十的六平方公尺為單位』的工具，沒有這種東西。我們完全不知道該怎麼測量，也不知道它是在哪個方向。當看見一條直線，我們看見一條既有長度又發出光亮的物體。亮度跟長度是一樣重要的存在。如果少了亮度，直線就像黑暗中熄滅的蠟燭，再也看不見。因此，每當我對我任何一位平面國朋友聊起這個我們未曾意識到，但某種程度上又可以看見的維度時，他們總是回答：『啊，你說的是亮度。』『不，我說的是真正的維度。』接著，他們會立刻反駁：『那量給我看吧，不然至少告訴我們這維度的方向。』話題進行到這裡，我就說不下去了，因為我真的做不到。

就在昨天，當圓形主教（我們最偉大的牧師）造訪監獄，進行每年度的探訪犯人。這是他第七次探訪我，也是第七次問我：『有沒有比較正常了。』我又再一次地試著向他證明他除了寬度跟長度之外，還有高度。

你知道他怎麼回答嗎？

『你說我有高。請測量出我的高度，我就相信你。』

我該怎麼做？我該怎麼做才能完成他對我提出的挑戰？我再次崩潰，望著他得意洋洋地離去。這對你來說很難以理解嗎？那麼，請試著站在類似的角度思考。假設某人從四維世界降臨到立體國，並且拜訪了你。那人說：『每當你睜開眼睛，你看見的是二維的平面，然後你推測他是三維的立體。但事實上，儘管你辨認不出來，但其實你也看見了第四個維度。它既不是顏色也不是亮度這種東西，它是一個真正的維度。只是我無法告訴你它的方向為何，你也無法測量它的大小。』你會怎麼回答這位訪客呢？你會不會把他扔進監獄裡呢？

嗯，這就是我的命運。理所當然地，我們平面國的人囚禁一位宣揚三維世界的正方形。就像你們立體國會將一位宣揚第四個維度的立方體給關起來一樣。唉，無知和迫害他人，這種卑劣的人性在每個維度的國家全都一再重演！點、線段、平面、立體、超立體，我們都犯了相同的錯誤，都是偏見的僕人，被自己所擁有的維度誤導，這一切，宛如一位立體國的詩人所言：『人類本性的流露，讓人們彼此更親近。』[1]」

說到這裡，就我而言，正方形對第一項議題的反駁相當強而有力。我希望他對於第二項道德議題的解釋能一樣令人信服。人們認為作者對女性有性別歧視，因而反對他。在大自然法則下，約莫超過一半的立體國國民對這種歧視特別反彈。照理來說，我應該誠實地轉述正方形的話，來化解這樣的抗拒心態。但正方形對立體國慣用的道德專有名詞並不熟悉，如果我如實地將他原本以平面國語言解釋的詞句，直接翻譯成立體國的語言，恐怕對他不太公平。

作為他的代言人，我見證了他七年來處於牢獄生活中的轉變。特別是關於女性和社會底層的等腰三角形。從個人的角度而言，他現在比較認同球體的話，他認為線段在許多重要的層面來說，都比圓形來得優異。但當以史學家的

1 作者要求我稍作補充說明，基於諸多批評者對這議題並不很了解，於是作者在新版中加入了許多他與球體的對話。他先前之所以省略掉了，是因為他覺得這些對話既冗長又不必要。

角度撰寫時，他則認同（或許過度地認同）一般平面國國民的觀點，甚至（有人告訴他）立體國大眾也有類似的看法。就算是最近的史學家，也都不認為女性和廣大的下層階級群眾，有什麼好值得去書寫或特別關心的。

在書中一些比較不明顯的段落之中，作者表明了他如今並不認同圓形或貴族政治。這恰好是許多批評者誤會的。當他敘述圓形家族世代繼承了高貴的智商，遠比廣大的群眾要聰明許多時，他並沒有帶著任何預設立場；同時，他更相信不必多說，光以平面國當下發生的事件便足以宣告，革命無法永遠透過屠殺來鎮壓。大自然已經藉著讓圓形不孕，替他們最終必然的失敗鋪好了道路。

他說：「在這裡，我看到一個在任何國家與任何世界都通行的真理被實踐了：人們以為可以靠著自己的智慧處理一件事，但大自然的智慧則會讓另一個截然不同，但更美好的結果發生。」

剩餘的部分，他請求諸君不用試著將平面國的各種生活細節對應到立體國中，他希望諸君能以更宏觀的角度閱讀，那麼，對於某些讀者來說，這本書將會變得更具啟發性也更有趣。這些立體國的讀者是那麼地謙虛、溫和。當那些從未發生過，但又極為重要的事情發生之時，他們常習慣一邊說：「絕對不可能。」又同時說道：「一定得完全符合這樣那樣，我們早就知道了。」

第一部　世界

第一章　平面國的自然法則

各位住在「空間」裡的幸運兒，為了讓諸位容易理解，我暫且將我們的世界稱為「平面國」。事實上，我國的國民並不會這樣稱呼自己的國家。

請閉上雙眼，想像一張無邊無際的紙張上，有直線、正方形、五角形等各種形狀。這些幾何形狀並非固定於某處，而能在紙上自由移動。他們沒辦法懸浮於紙面之上，也沒辦法潛入紙中，如同影子一般——差別僅在於他們擁有一定的形狀、邊緣微微發著光芒——說到這兒，諸君應該對平面國以及平面國國民有一定程度的理解了吧。

唉，要是早個幾年，我會稱平面國為「我的宇宙」，然而，現在我擁有了更廣闊的眼界，已經不可能再這麼宣稱了。

身處在平面國之中，您應該立刻便能意識到，在這樣的國度裡不存在所謂的「立方體」。但我敢說，您恐怕誤以為我們至少能用視覺來分辨三角形、正方形和其他各種形狀，以方才描述的那種方式在平面上移動。

錯了。

我們什麼都看不見，至少，我們無法透過視覺分辨各種幾何形狀的差異。除了直線以外；讓我趕緊舉個例子來解釋。

請將一枚一元硬幣放在「空間」裡的某張桌子上頭，身體向前傾斜，由上往下看去，這枚硬幣看起來是圓形的。

現在，把身軀挪回桌子邊緣，慢慢蹲下，讓眼睛與桌子邊緣越來越靠近（這動作，能讓各位的視角跟平面國國民的視角更相似），接著，您將會發現眼前這枚硬幣變得越來越像一個橢圓形。最終，當眼睛與桌面對齊時（您彷彿成為了一位平面國國民），這枚一元硬幣將不再是橢圓形，而是變成了此刻您眼前所看見的，一條直線。

若是諸君以同樣的方法去檢視三角形、正方形、或任何從厚紙板上裁下來的幾何形狀，各位必將發現同樣的結果。當諸君的視線與桌面切齊時，諸位會發現原本的圖形都消失了，所有的一切都只剩下直線。以一個正三角形為例，他是位商人，是在平面國裡值得我們尊敬的人。圖(1)表示，當您彎身前傾，由上往下看商人時，商人的模樣；圖(2)跟圖(3)則是當您逐漸降低視角後，所看見的商人形狀。當您的視線與桌面齊高（也就是我們在平面國裡所看見的這位商人的模

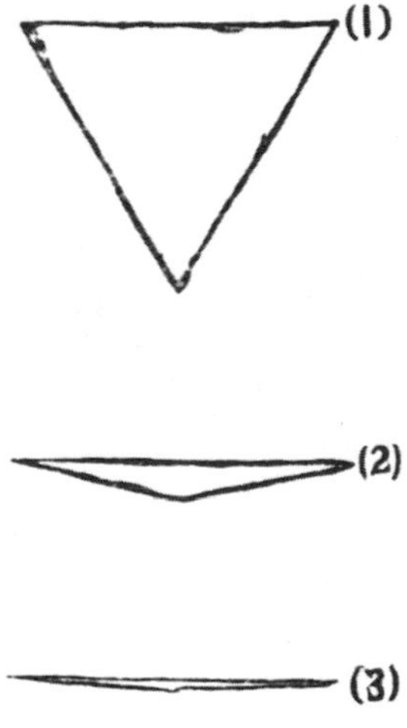

樣），您僅僅只能看見一條直線。

當我在「立體國」時，我聽說各位國家的水手們也經歷過非常類似的體驗。當他們在海上航行，常看見遠方的島嶼或海岸在地平線彼端伸展開來。這些遙遠的島嶼可能坐擁無數個蜿蜒崎嶇的海灣、海岬。但身處遠洋的水手們並看不見這些彎曲的海岸線（除非透過太陽的照射，讓光影將海岸線的形狀透顯出來），否則，他們只看得見一條綿延不絕的灰色線段漂浮在水面上。

嗯，這就是當一個三角形或其他熟人在平面國上接近我們時，我們所看見的模樣。這裡沒有太陽，也沒有能夠製造陰影的光源，因此，不像諸位所在的「立體國」，我們並沒有任何視覺上的輔助。倘若朋友接近，我們僅能看見代表他身子的線條逐漸變長，若是他遠離，他身軀的線段即會漸漸變短。無論他的真實身分是三角形、正方形、五角形、六角形或是圓形，看起來，都僅僅是條直線罷了。

各位可能會疑惑地問：「在這種不方便的狀況下，我們該怎麼認出朋友呢？」

關於這個問題，請先容我賣個關子，待我介紹完平面國的國民後，疑問便會迎刃而解，回答起來便會變得容易不過。現在，讓我們先來談談平面國的氣候和建築。

第二章　平面國的建築與氣候

和諸位的國家一樣，羅盤上的東西南北四個方位我們一個也不少。

這兒沒有太陽或其他天體，所以通常用來判斷北方的辨法，在我們這裡是不管用的，但我們自有自己的一套方法。平面國存在著一條自然定律，如下：相對於諸位空間裡的地心引力，我們的世界裡同樣有一股永存的引力，將一切物體往南拉，我們且稱它作「南向引力」。在適當的天氣裡，這股力量非常微小，就算是女性，只要身體夠健康，也能不費力氣地抵抗引力，往北「向上」走個幾百公尺。不過，這點兒南向引力所帶來的阻力，在大多數時刻已經足夠作為羅盤，供我們判斷南北之用。而受到向南引力拉扯，在特定時節從北方落下的雨，也同樣地幫助我們判斷方位。為了避免屋頂蓄積雨水，我們將房屋牆壁建成南北向。因此，我們可以在城鎮裡從這些建築來判斷方向。就算在房屋稀少的鄉間曠野，我們依然可以從樹木的生長方向，大略判定南北的方位。有了這些，要知道自己的位置，其實並不像諸位以為的那麼難。

但在氣候較好的地區，卻幾乎無法感受到南向引力的存在。在那些區域，要是走進了連一棵樹或一幢房子也見不著的曠野，就完全沒辦法搞清楚方向了。偶爾有幾次，我甚至佇立在原地好幾個小時，只為了等待一場雨落下來好指引方向。而對於身體衰弱者、老年人，尤其是嬌弱的女士們來說，他們所感受到的南向引力，遠比強壯成年男性感受到的來得強上許多。因此，有教養的紳士走在路上時，若是有女士迎面走來，他會刻意將北側讓與這位淑女，幫助她們抵抗南向引力的力量。即使是體魄健康的諸位讀者，身處氣候宜人的環境之中，若想要迅速地辨別出南北，也絕非只是小菜一碟。

我們的房屋不需要窗戶，因為不論室內、戶外，黑夜或白晝，甚至在我們根本不知道的時空裡，我們看到的都是同樣的光線。很久以前，某些學者對於光線究竟源自何處相當好奇，這些學者前仆後繼地投入研究，嘗試找出正確答案。但最終他們只完成了一項成果——那就是把精神病院給塞滿。法院先嘗試透過加稅制度來壓抑這方面的研究，奈何效果不彰，後來，我們索性直接禁止科學家們從事任何相關的研究。

唉，身為平面國裡唯一了解這個神秘問題真相的人，我卻無法為其他國民帶來啟示。不僅如此，我反而成了被嘲笑的對象！我是唯一了解「空間」觀念的人，我知道光線是從空間「上方」照射下來的。但我卻被視為是瘋・子・中・的・瘋・子！一講到這些，不禁使我備感痛苦，算了，離題了，我還是先回家吧。

最常見到的房屋形式是五邊形，由北方的兩條邊RO、OF構成屋頂。通常，屋頂不會有門，東邊則有女性專用的小門，西邊則是男性進出的大門。南邊則是地板，地板通常也沒有門。

平面國裡，我們不允許房子被蓋成正方形或三角形的形狀。因為正方形的角度太過尖銳（更別提三角形了），在我們的世界裡，無生命體（像是房子）

周圍散發的光芒，比生物的光澤要來得黯淡許多，若是粗心大意的旅行者走入一個滿是正方形或三角形的房子所組成的社區，受傷的風險可是很大的。因此，我們在十一世紀時就已經頒布相關法令，除了碉堡、軍火庫、兵營及某些官方機構例外，全面禁止興建三角形的房屋。這些建築保存著其銳角，彷彿提醒一般老百姓別想輕易靠近。

彼時代，政府當局仍然允許國民興建正方形的房屋，僅依賴增設額外稅制來控制數量。經過

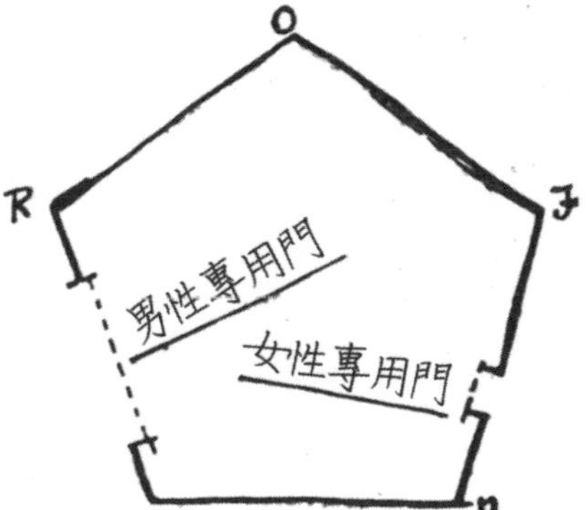

三個世紀，為了確保公共安全，法律規定：凡是超過萬人的村鎮，建築物的最小角度必須大於正五邊形的角度。這群素質優良的公民們當然也樂於支持議會的這項決定。因此，就算是現今的鄉村，也僅有正五邊形的建築物得以倖存。至於喜歡挖掘歷史的考古愛好者們，只能在偏遠的落後農村，才有機會親眼目睹正方形的房子了。

第三章　平面國的國民

關於平面國成人的身長，以各位經常使用的單位來說，大約是十二英吋左右，長到十二英吋已經是極限了。

我們的女性是直線。

士兵和勞工階級是等腰三角形，等邊約十一英吋長，底邊則短得多（通常不超過半英吋）。這種三邊關係，讓他們擁有一只非常銳利、危險的頂角。至於那些社會底層的下等國民，他們的短邊甚至不超過八分之一英吋，頂角尖銳到幾乎無法分辨出是直線還是三角形，無法分辨出是女性還是地位卑下的男性。這些三角形通稱為「等腰三角形（Isosceles）」，之後我們就這樣稱呼他們。

中產階級是「正三角形（Equilateral Triangle）」。

我們的專業人士和仕紳階級是正方形（Square）（我即是隸屬此階級的一員），以及正五邊形（Pentagon）。

以這些階級為基礎，又可區分成許多不同等第的貴族，首先，是正六邊形（Hexagon）。之後，隨著邊的數目越來越多，從屬階級也隨之越來越高級，直到被授予多邊形（Polygon）的尊貴頭銜。當邊的數目增加時，每一邊都會相應地縮短，到最後，這樣的多邊形極近似圓形。擁有這種形狀的人，即是凌駕一切階級之上的至尊，我們稱之為圓形（Circular），或者祭司。

我們的自然法則讓每一位小男孩比他的父親多出一條邊，如此一來，社會階級將代代提升：正方形的小孩是正五邊形，正五邊形的小孩是正六邊形，依此類推。

然而，這條法則並不適用於商人、士兵甚至工人，畢竟士兵和工人連每一邊的長度都不相等了，這等模樣實在稱不上是「人」。所以，上述「每個新生代多增加一條邊」的自然法則，無法套用在這些連人類都不像的底層階級身上，等腰三角形的後代依然是等腰三角形。

不過，希望總是不定時來敲門，就算是這些低階的等腰三角形們也不例外，他們的後代仍然有機會晉升為更高的階級。好比說：打了許多勝仗的士兵，或者勤奮又有天賦的工匠，這些比較聰明的等腰三角形，他們的底邊會微微地增長，兩條等邊則稍稍地縮短。透過祭司的安排，讓這些能幹的底層族群聯姻，如此一來，他們的兒女終將一代比一代更接近正三角形的形體。

人數龐大的底層階級繁衍出大量的等腰三角形。在那之中，存在著一定但不多的比例，有可能誕生出經過官方認證[2]的正三角形後代。等腰三角形的雙親要生出正三角形，依據以往的案例統計，必須透過一連串精挑細選的底層階級聯姻過程，而這些準父母還得長期自我節制地勤儉度日，並持之以恆地精進

2 立體國的諸君可能會質疑，為什麼需要「官方認證」？生下正方形的小孩，某種程度上，不就自然地證明了孩子的爹是正三角形嗎？我的回覆是，沒有一位女孩子會願意嫁給沒通過官方認證的正三角形。事實上，近似正三角形的父親也可能生出正方形的小孩，但通常來說，如果上一代是近似正三角形，就算這一代是正方形，生下來的小孩不僅很有可能不是正五邊形，一不小心，還會變回三角形。

智識。經過好幾代的持之以恆，方有資格與機會實現此一願望。

等腰三角形的雙親生下正三角形的孩子，是一件值得大肆慶祝的喜事，方圓數百公尺的居民也將一同慶祝。慶典結束之後，當局將進行嚴格的審查，確認嬰兒是否確實屬於正三角形。一旦通過官方認證，將會舉行一場官方儀式，宣告嬰兒進入了正三角形階級。儀式一完成後，嬰兒便立刻被從他那驕傲但心碎的可憐父母身邊給抱走，交由沒有子女的正三角形家庭撫養。而領養的家庭必須宣誓：從今以後，不得讓嬰兒拜訪親生父母家，也不得與親生父母見面。這是為了避免讓剛邁入高等階級的新生兒受到不良影響。與階級低下的親生父母接觸，孩子很可能會在無意識間模仿其言行舉止，因而墮落成與血親相同的下層階級。

儘管稀少，但這些從底層階級誕生的正三角形，對位於階級底層的僕役們而言，有如一道微弱但清晰的光束，替他們枯燥貧瘠的生活增添了一絲希望。不僅如此，人體來說，貴族們也相當樂見此事。他們相當清楚，這種少數的社會階級變遷，不但無損於他們高貴的身分，反倒有助於築起一道堅固的障礙，將底層階級的革命行動徹底阻絕在外。

社會的底層分子都有著尖銳危險的頂角，要是他們陷入絕望，那麼，從底層發起的多次暴動裡頭，可能就將出現一位革命領袖，帶領他們善用人數及攻擊力的優勢。這樣的叛亂，恐怕連智慧的圓形都應付不來。幸好，自然法則已經先我們一步頒布了大自然的法令：當底層階級的智慧、知識、品行提升時，他們尖銳的頂角也將隨之變鈍，逐漸接近正三角形的頂角角度。最危險的士兵族群，基本上就與女性一樣無知。當他們逐漸發展出心智能力，知道該如何善用他們強大的穿刺武器時，幾乎同一時刻，他們的攻擊能力也將衰退。

大自然造物的平衡能力真叫人肅然起敬！這就是自然界平衡的最佳證明，我甚至可以宣稱，這就是平面國階級制度的神聖起源！多邊形與圓形階級的貴族們，總可以在暴動方興未艾之際就平息革命之火，此乃因他們懂得明智地利用自然法則，以操弄人性中對於希望，無法抑制且永無止盡的渴求。他們甚至發展美容技術好進一步維護社會秩序。通常，國家級的醫生會對那些聰明的叛亂領導者進行整形手術——透過人工的收縮與伸張，人為地讓這些叛亂領袖進入正三角形階級——喻曉這些聰明的叛亂領袖，成為正常服從的模範公民，並承認自己已然成為特權階級的一員；「原來當個貴族是有希望的！」這樣的作為看在其餘的群眾眼裡，不啻為一個極魅惑人心的誘因。因此，許多底層革命領袖輕易地就被引誘到官方醫院，但在那裡等著他們的只有終身監禁。而少數幾個頑強抵抗的愚昧傢伙，則失去存活的機會，最終被送上了斷頭台。

另外，為了防堵危機發生，圓形主教更長期培育一批同樣來自底層階級的等腰三角形作為自己的親衛隊。儘管親衛隊人數不多，但當這批可悲的等腰三角形們沒有任何計畫地同時失去了領導人的時候，親衛隊便可不費吹灰之力地平蕩叛亂行動。圓形貴族更常採用煽動策略，有技巧地引發叛亂分子發生內鬨，讓他們尖銳的頂角穿過彼此的身體，互相撕裂毀滅。在我們的史冊記載裡，一共發生過一百二十次以上的大型叛亂、兩百三十五次的小型暴動。而這些抗爭全都被上述策略成功地畫上了句點。

第四章　平面國的女性

諸君啊，假如您認為等腰三角形的士兵們令您毛骨悚然，那麼，我們平面國的女人可是要來得恐怖多了。如果說士兵是尖銳的楔子，由無數個點排成直線的女性就是一根針。由於這樣子的形體，她們可以隨意地隱身。既有尖銳的兩端，又能任意隱形，您大概可以想像得到，平面國的女人可是不容小覷的。

或許有些年輕讀者會問：「為什麼平面國的女人可以隱形？」儘管我想我已經解釋得夠清楚了，但為了讓各位更加了解，我還是再多說一些吧。

請將一根針擺在桌上。然後，將眼睛與桌子水平切齊，從側面看去，您會看到一條線段。但是若從兩端望去，您只能看到一個點。基本上，您幾乎什麼都看不到。而平面國的女人們就是這副尊容。當她轉過身子以側面對著我們時，看起就是條直線，她的眼睛跟嘴巴長在尖點上，因為那尖點實在太小，小到我們根本分不出來眼睛跟嘴巴的差別——當她用尖點面對我們，我們只看得見一個發亮的點，另一側的尖點則是不會發光的背部，換句話說，若是她背對我們——她便有如戴上了一頂隱形的帽子，從你我的眼前遁形。

現在，就算是立體國裡最笨的人，應該也明白了，女性對我們平面國的人而言，是多麼危險的存在。走路時，如果不小心撞到一位可敬的中產階級，他們正三角形的頂角可不是全無危險性的；如果撞到了工人，則恐怕會被他們的等腰三角形拉出一道傷口；要是與軍官相撞，絕對會嚴重受傷；若是撞到那些傭兵的話，就算只是擦到頂角，也有致命的危險。說了這麼多，您是否可以想像，若是撞上了一位女士，會發生怎樣的慘劇！除了當場掛掉，沒別的可能了。特別是當女性們處於隱身狀態，或僅僅留下一個光點的微弱身影，即便是最小心謹慎的人，也難保自己絕對不會撞到她們，而總是小心翼翼地避免任何意外碰撞。

因此，平面國的各州制定了許多法規，來避免女性所造成的危險處境。尤其是國土南方或者氣候較差的，導致南向引力的力量更強的地區，人們在路上行走時容易不由自主地往南側靠過去，使得人與人之間的擦撞更容易發生。所以，在那些地方，有關女性移動的法規就會更加嚴格。不過，以「一般論」的狀況來說，這些法規大致可歸納如下：

一、每間房子都必須在東側裝設一道女性進出的專用小門。

二、女性出入時得注意自己的儀態是否「得體」，並不得從男性專用的西側大門出入。

三、女性在公共場合行走時，得不停小聲地提醒他人自己的存在，否則將處以死刑。

四、任何女性，經確診為跳舞病、痙攣、或狂打噴嚏的慢性感冒等等，只要是無法控制身體行動的疾病，必須立刻被處死。

五、在某些州境內，還有一些限制女性行為的例外條款。例如，站在公共場合的女性，必須持續地晃動身子以強調自己的存在，否則同樣將處以死刑。

六、另有一項法令限制了女性的旅行自由。女性出遊時一定要由兒子、僕人、或丈夫陪同。

七、此外，更有某些省份規定，女性除了祭典節慶等場合可獲准外出，其餘時間都必須待在家裡。

不過，我們平面國中最睿智的圓形發現，加諸在女人們身上的限制如此之多，不僅讓女性的人數大幅減少，更造成許多家庭謀殺案件，最終，過度限制的法令所造成的損失，恐怕比獲得的利益多得多。

由於不管在家中或是公開場合，女性的行動都被各種法規束縛住，她們的情緒也因此容易劇烈波動。如果一位女士失控了，她往往會將情緒發洩在孩子與丈夫身上。在那些氣候變化落差較大，對女性的法律限制也相對嚴苛的地區，甚至曾經爆發女人們集體血洗整個村落的慘劇，僅僅一到兩個小時之內，全村的男人們都消失了。因此，對於法治較為嚴謹的州而言，上述法規通常只需用到前三條就夠了。我們談到限制女性的相關法令，通常也只引此三條為例。

總而言之，我們真正的人身安全防護並非來自立法機關，而是來自女性對自身安危的考量。雖然她們可以靠著僅僅挪動身子，便能瞬間殺死一個活人。然而，除非她們能迅速將尖銳且脆弱的身體從受害者身上拔出來，她們的身軀也將因為卡在受害者體內，隨著受害者掙扎而同時破碎。

時尚的力量也站在我們這邊。如同我剛剛說過的，在那些發展較先進的州裡，女性在公共場合時必須隨時搖晃背部，提醒路人注意其存在。然而，從古迄今，在有著高度禮教的地區，女性本來就習慣了自動自發地搖晃背部。換句話說，對有教養的女性來說，這樣的行為理當是發自內心，天生便知道應當如此。用法律去強制推行這項行為，反倒顯得低俗了。

此外，圓形階級的太太小姐們，她們那富有節奏、曼妙起伏的背部律動，常被正三角形階級的太太們爭相模仿。儘管後者做出來的僅僅是單調有如鐘擺似的運動；同樣地，等腰三角形的太太們也熱衷於模仿正三角形太太們的背部律動，在這些階級較低的家庭中，其實並不需要這樣晃動背部，但因為追求時尚，「背部律動」如今已普及於各社會階級之中。至少，對丈夫跟孩子們來說，可以不用擔心在什麼都看不見的情況下忽然被攻擊。

不過，請別因此誤會我們的女性缺乏感情。她們只是太過脆弱，在某些時刻容易被情緒支配、任憑情緒主導一切。這得歸咎於她們不幸的先天身體構造。沒有任何角度的她們，甚至比最低等的等腰三角形還不如。她們根本沒有智慧、沒辦法思考、沒有判斷力、沒有能力考慮未來、也無法擁有回憶。當她們陷入憤怒時，絲毫無法記得任何承諾，分不清楚任何事物。事實上，我曾經聽過一則案例，一個女人殺害了她的全家，半小時之後，當她的憤怒退潮，家人的屍體殘骸也都被清理完畢時，她說出的第一句話竟然是：「我的小孩跟先生怎麼了？」

顯然地，在女性可以自由旋轉移動她的身體的情況下，我們最好別激怒她們。在設計女性居住的房間時，我們已經考慮到這點，狹長形的房間讓她們無法轉身。因此，我們可以在那裡說任何想說的話，做任何想做的事，她們完全無法反擊。更好的是，她們幾分鐘後就會忘記剛剛發生的事，忘記她們曾經被您氣得要命，威脅要殺了您。您更不需要為了平息她們的怒氣而許下任何承諾。

因此呢，基本上，我們平面國裡的家庭關係都還算和諧。但在底層階級的世界裡就不是這麼回事了。在那裡，不懂得思考的丈夫常以裝腔作勢來獲取自信，但最終只會導致巨大的災難。他們濫用強壯尖銳的身軀，絲毫不在意自己的言行舉止。這些粗人通常忽略了必須將女性房間蓋成讓她們無法轉身的形狀，反倒盡用些糟糕的言論激怒自己的太太，即便犯了錯也不願意悔改。更糟糕的是，他們遲鈍生鏽的腦袋，讓他們無法像圓形階級的紳士們，懂得靠甜言蜜語來平息太太的怒氣。以上種種原因，使得社會底層的階級世界裡，經常發生由女性主導的屠殺。這樣的屠殺行為似乎沒有任何好處可言，但至少可以減少這些暴力的等腰三角形的人數。許多圓形紳士們似乎都認為，上天安排了許多方式來消滅多餘的人種，好讓我們能將來自社會底層的革命行動，在其尚未萌芽前便予之撲滅。而底層階級中層出不窮的女性殺人案，即為上天賜予的安排之一。

然而，即使是最有教養、最接近圓形階級的家庭，和立體國比起來，我也沒辦法宣稱我們擁有理想的家庭生活。上層社會的家庭雖然和平，也沒有屠殺血案，但是在那兒，恐怕我們也找不到名為「和諧」的氣氛。圓形紳士們為了確保自身的安全，犧牲了家中的安寧和樂。每一個圓形或多邊形家族都恪守自古以來的家規——女性必須一直將有著眼睛和嘴的那端，朝著丈夫和丈夫的朋友們——要是某位來自尊貴家族的女士忽然轉身背對丈夫，那不但會被視為一種惡兆，甚至會貶損她在家族中的地位。因此，這種將眼睛和嘴對著他人的行為，如今已成了上流社會女性的天性。

不過在這邊我得說，這項家規雖然保障了男性安全，卻也有其缺點存在。平面國的女性說話又快又吵。在一般的平民家庭裡，太太們在做家事時可以背對自己的先生。因此，男人們至少有一段時間不用被太太盯著，也不用一直聽她嘮叨個不停，家裡一片寧靜，只有太太持續發出的、有如蟲鳴般的微小聲響，好提醒其他人，這兒有著一位女士。

但是上流社會的家庭就沒有這麼輕鬆了，他們的家庭生活永無寧日。一家之主永遠得承受太太明亮的視線與吵雜的嘮叨，從家裡的任何一處直接穿透過來。一連串的嘮叨甚至比光線還要惱人。但我們只能從防止一個女人的致命攻擊，與阻止她繼續喋喋不休來權衡利害、兩者擇一。事實上，這些太太們實在沒什麼東西可講的，但她們也沒辦法同時思考「為什麼不說話」，所以總是一直說個不停。某些比較偏激的人甚至主張，他們寧願正面迎戰女人們的銳利尖點下，也不想再看見那張嘴了，並且被迫接受那象徵著安全，卻惱人得要命的噪音。

各位立體國的讀者，對諸位來說，我們平面國的女性聽起來似乎相當可悲。事實上，她們也的確如此。就算是最低等的等腰三角形的男性，也有機會期待自己透過努力，拓寬銳角的角度，最終突破世襲制度。然而，由於生理性別的限制，女性一生下來就沒希望了。「生為女人，一生為女人。」這是大自然的裁決。演化的自然法則彷彿特別不鍾意女性，刻意避開了她們。

不過，最起碼，我們還是可以讚嘆大自然相應賜予的巧妙安排。因為平面國的女性活得毫無希望，大自然索性同時奪去了她們的回憶以及思考未來的能力。唯有剝奪這些，避免讓她們意識到自己生存的慘狀，她們才能繼續活下去。這樣悲慘而諷刺的社會現象，卻也具體而微地反映了我們平面國的整體情況。

第五章　我們辨認彼此的方法

諸君啊，各位受到光亮與陰影的祝福，能靠一雙肉眼分辨出物體的遠近；各位受到了顏色的魔力加持，生活中充滿各種顏色；各位能真正用眼睛看見一個「角」，能從美妙的三維空間中，輕易看見圓形的完整輪廓。我該怎麼跟您解釋，在我們平面國中，要辨認出彼此的形狀，是多麼困難的一件事呢？

記得我曾向諸位說過，所有平面國的事物，不論有無生命，不論形狀如何，看在我們眼裡，都是一模一樣的——一條線段。那麼，當不同的形狀出現在我們眼前時，我們是如何分辨的呢？

答案是，我們有三種方法。

第一種辨認的方式是「聽覺辨認」。

比起立體國的各位，我們的聽覺要更加敏銳，不僅能夠分辨出朋友的聲音，還能察覺到不同階級的音調差異，至少以最普遍的三個階級為例：正三角形、正方形、正五邊形，我們是可以單憑聲音便清楚區分出來的。但當我們晉升到更高的社會階級時，利用聽覺區分的能力、以及不同階級的音調差異，都會隨之減弱。部分原因乃為，這種利用聽覺來區分階級的方式，本來就只有庶民階級有其需要，對貴族而言，自然沒必要去學習、使用。更何況，還會有人利用聽覺欺騙他人。而最底層的等腰三角形，他們的聲帶比耳朵要發達許多，可以輕易地模仿多邊形的聲音，經過訓練，甚至要模仿圓形也不是多難的事。因此，我們需要另一種方式來分辨彼此。

如果並非得知道對方是誰，而是只需要知道對方隸屬的階級時，不論女性或社會各階級的男性，觸覺——我得說，在我們的上層階級也是如此——便成為重要的辨認方式。之於各位立體國上流社會的「介紹」，在我們平面國，等同於一段互相觸摸的過程。「請同意我請求您，是否可以觸摸我的朋友某某某，以及被他觸摸。」這句介紹雙方的開場白，如今依然被許多住在偏遠鄉村的老派紳士所使用。至於那些在城鎮工作的商人，為了方便起見，他們假定觸摸必定是雙向的，因此省略掉「以及被他觸摸」的部分，於是，整句話就成了：「請同意我請求您，是否可以觸摸我的朋友某某某。」而追求時髦的年輕人們——這個極端討厭冗長繁瑣的禮數，對於使用完整的句子更是一點興趣都沒有的年輕世代——彼此介紹的開場白也被進一步省略為：「建議兩位摸與被摸。」如今，這樣的禮數仍存在著，連上流社會裡比較講究時效的人們，也用起了較為粗俗的開場白：「史密斯先生，請允許我觸摸瓊斯先生。」

諸君請別誤會，以為「觸摸」是一段冗長繁瑣的過程，必須要摸遍每段邊與每個角，才能知道對方屬於哪個階級。長期下來，透過學校的學習與日常生活中不間斷的練習，如今我們僅需要觸碰一個角，就能知道他是正三角形、正方形、或者是正五邊形了，至於有著銳利角度的等腰三角形那就更不用說了，就算是最遲鈍的人，也能瞬間察覺那尖銳的頂角。只要一會兒，我們即能確定眼前的這號人物屬於哪個階級。但是，如果對方來自上流社會，「觸摸」便多了幾分難度。就算是畢業於我們平面國文特布里奇大學（University of Wentbridge）的文學碩士，也沒有把握能清楚分辨正十邊形與正十二邊形的差異。就算是這所大學的博士們，也不敢宣稱自己有這種能力，能夠迅速地辨認出正二十邊形與正二十四邊形的貴族們的差異。

倘若諸君還記得先前我曾提過的，那些有關限制女性行動自由的法規，各位應該可以立刻意識到，觸摸這項行為更需要被謹慎地看待，不然，尖利的銳角很可能會對那些粗心的觸摸者造成無可挽回的傷害。因此，為了保障觸摸者的安全，被觸摸者一定要保持靜止狀態。突如其來的晃動、打噴嚏等等不經意的行為，都相當的危險，更有可能搞砸一段本來有機會好好發展的關係。特別是對那些隸屬於社會底層的等腰三角形而言，他們的眼睛距離頂角相當遠，難以搞清楚觸摸者是否還在觸摸他們的頂角。加上他們的性格比較莽撞，容易忽略對上流社會纖細的觸摸。因此，在觸摸的過程，往往，一次隨興的晃動，就剝奪了一條可貴的生命。

我偉大的祖父是家族中的最後一位等腰三角形。他死前不久，才依據衛生社會局的投票結果（四票比三票），被拔擢為正三角形階級。他經常熱淚盈眶、心中充滿悔恨地向我們說起他曾曾曾祖父犯下的錯。這位令人尊敬的祖先是一位有著五十九度三十分角度的工匠。祖父說道，他那不幸的曾曾曾祖父長年飽受風濕之苦，因此，當一次被某位多邊形貴族觸摸的過程中，他不小心抽動了一下，他的身子便沿著對角線直接刺穿了那位貴族，從那之後他便遭受終身監禁之刑。

我祖父的曾曾曾祖父所犯的錯誤，成了瀰漫在家族中的陰影。最終，整個家族的頂角都被往下調整了一度三十分，只剩下五十八度角。我們一共花了整整五代的努力來彌補這項過失，直到祖父那代，才從等腰三角形提升到正三角形。整整五代的努力，五代的子孫所受的折磨，全都是為了當年觸碰時，發生的這場不幸的小意外。

此時，諸君中受過比較高教育的人們可能會問：「你們平面國的國民是怎麼知道角度的幾度與幾分？因為，在立體空間裡，我們可以看見兩條線彼此交會，形成了角度。但諸位只看得見直線，所有的一切也只是直線上的不同線段，你們是如何辨別角度，甚至比角度更加精細的『分』呢？」

對此問題，我的回答是：我們確實看不見，但我們可以透過觸摸對方，非常精確地推測角度。觸覺，是我們生存必備的技能。加上長期的訓練，若比起諸位在沒有儀器幫助的情況下，我們的觸覺恐怕比諸位的視覺更能精準地判斷角的度數。當然，我得坦承造物主也提供了莫大的幫助。根據平面國的自然法則，等腰三角形的大腦從頂角開始為半度，也就是三十分的時候開始發展，之後，如果發生進化的話，每一代增加零點五度，一直到頂角成為六十度時，就能脫離社會的底層階級，成為自由的正三角形。

因此，造物主提供了我們與生俱來的道具，讓我們能夠從零點五度開始去辨認，以每零點五度為單位的角度變化，直到六十度為止。我們也善加利用這點，在全國每間國小都擺設了各種角度的「樣本」。多數底層階級的等腰三角形們無知又無能，大部分都是罪犯和流浪漢，零點五度和一度的人口多得不可計數，一直到十度為止，我們擁有相當充足的等腰三角形作為標本，放置於每間小學甚至遍及整個國土。將這些底層階級拿來作為標本，確實是相當沒人權的行為，但絕大多數的等腰三角形，智商甚至低到連從軍打仗都沒辦法。所以只好將他們送到學校，以標本的身分工作。他們被銬上腳鍊，以免意外的移動造成任何傷害。再把他們放在國小的教室裡，讓老師們可以利用這些愚笨的等腰三角形，來教導中產階級的孩子們觸摸辨識所需的技術。

某些州會替身為標本的等腰三角形準備食物，讓他們得以工作好幾年。但在某些氣溫較好，素養也比較高的地區，並不會為標本供餐，而是讓他們每個月自然餓死，再替換新的標本——長遠來看，這樣的做法能提升教育水準，但也比較耗費資金。至於那些資金較匱乏的學校，則持續使用同一片等腰三角形作為教學標本，用以節省成本，但供應飲食也得花錢，另一種情況是，經過連續好幾周的觸摸後，標本的角度受到損壞，變得不精確了。當然，別忘了那些較昂貴的作法還有一個重要的優點——我們可以發現，儘管數量不明顯，但等腰三角形的人數因為「定期汰換標本」這套政策，而稍微減少其數量。每一位政治家都相當關切這點。因此，儘管我知道許多學校最終還是採納了較便宜的政策，但我個人依然堅信，在許多的國家政策當中，這是最該花錢的一項政策。

又離題了，我不該提太多教育政策的，但我無法容忍學校董事會讓我從政治關懷裡分心。到此為止，我想已經解釋得夠清楚了，藉由觸摸來辨認身分，並非一件繁瑣或困難的事情，而且顯然比透過聽覺來辨認身分要精確得多。但，儘管存在這麼多的優點，觸摸這項行為依舊有一個無法避免的缺點——危險。因此，不論是哪一個階級的國民，中產階級、奴隸階級、直到最高貴的圓形和多邊形的貴族階級，大家都還是偏好第三種辨認方式。我們將在下一章詳細介紹第三種辨認身分的方式。

第六章　關於以視覺辨認彼此

我接下來要說的話，可能會讓人覺得有些部分是前後不一致的。在前幾章我曾說過，由於平面國只存在平面視角，導致所有圖形看起來都是一條直線。這段話暗指，我們無法透過視覺來辨認彼此的階級。然而，我現在要對諸君所揭露的，正是平面國國民如何透過視覺辨認彼此身分的技能。

儘管先前曾提到「用觸覺來辨別彼此的階級」通行於全國，但這主要還是中低階級的人們在使用的。在氣候溫和宜人的地區，上流社會之間主要是依靠視覺來判斷彼此的階級。

這一切都要歸功於霧。除了乾燥炎熱的地區外，平面國大半年的時間裡，空氣中都瀰漫著大霧。對立體國的諸君而言，霧絕對不是善類，它讓地標沾滿水氣，讓人們精神萎靡，對健康尤其有害。但對平面國的我們來說，霧不同於普通空氣，前者是上天的祝福，呵護著藝術的幼苗，培育了科學的成長。好吧，我看我還是停止讚美這項大自然的禮物，仔細地解釋它的作用。

如果沒有霧，所有線條看起來都同樣地清晰可辨。在那些氣候乾燥、空氣清新的鄉村地區，情況差不多就是如此。但當某個地方飄起了霧氣時，物體隔著一段距離——好比說三英尺——看上去便會比距離兩英尺十一英吋的物體看來得黯淡。善用此差異，並經過詳細且持續不輟的實驗與觀察，我們便能藉著比較明暗的程度，清楚地辨別出物體的形狀。

我想，透過實際的舉例，或許會比夸夸而談一堆抽象規則，更能清楚解釋我想表達的意思。

假設，我看見有兩個人向我迎面走來，我試圖分辨他們的階級，認出了他們是商人與醫師——分別為正三角形與正五邊形——我是怎麼辨認出來的呢？

對稍微接觸過幾何學的立體國的孩子們來說，這樣的解釋應該相當容易理

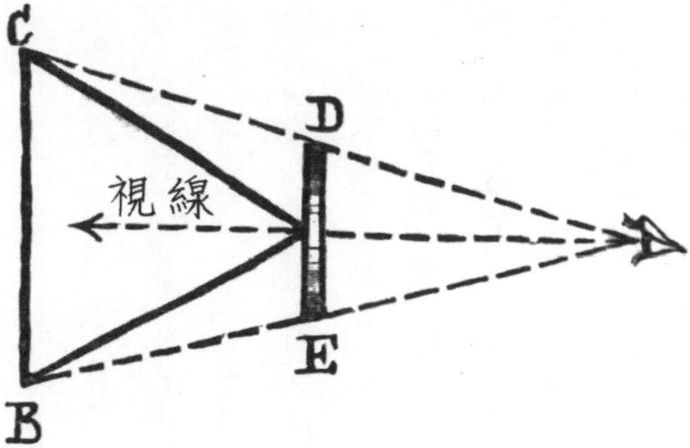

圖(1)

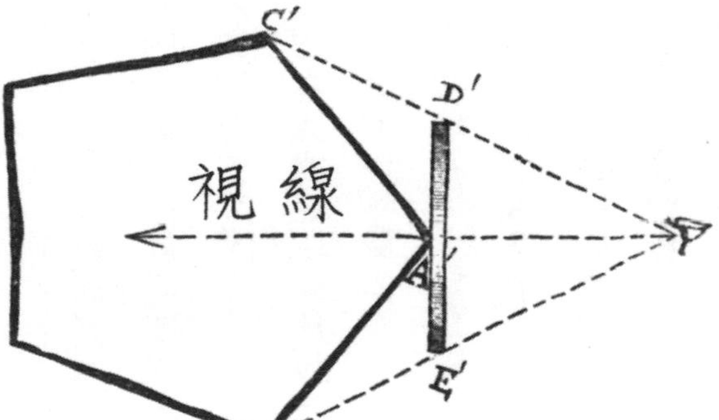

圖(2)

解。假設，我的眼睛對準走過來的陌生人的頂角A，目光與該角的角平分線重疊。那麼，我的視線將剛好落在他兩條邊的正中間（CA與AB），並不偏不倚地，看到的兩條相同長度的邊長。

現在，要是以圖⑴為例子，對方若是一位商人，那麼我將會看見什麼？通常，我應該會看見一條直線DAE，這條直線的中點A由於靠我最近，因此看起來非常明亮。但從中點往兩端延伸的線段則會相對地變暗。因為AC跟AB兩條線段乃是朝我的反方向延伸出去，最終隱沒在大霧之中。所以，我所看見的直線的兩處端點D、E的亮度便隨之褪去許多，顯得黯淡無光。

另一方面，要是以圖⑵的醫師為例，儘管同樣地看見一條直線D′A′E′，中點A′也同樣耀眼奪目。但延伸到兩個端點的線段，則不會像前一個例子般變得那麼晦暗。這是因為，兩邊A′C′A′B′朝我的反方向延伸的距離沒有那麼遠，因此之故，我所看見的醫師的兩個端點D′E′，便不如商人的兩個端點那般晦暗。

透過這兩件案例，諸君應該能夠了解，受過良好教育的平面國國民，只要經過長期訓練，即可精準地利用視覺來分辨中產階級以及底層階級。如果諸君已經大略掌握了這個觀念，相信透過視覺辨認是可行的方法……好吧，至少我認為諸君應該相信了，否則，不管我說再多細節也只是徒勞無功，只是更加深各位的困惑罷了。不過，對於各位立體國的國民當中，那些比較沒經驗的年輕人而言，或許聽完方才的兩件案例後——事實上，這兩件案例都來自我辨認自己父親與兒子時的真實狀況——可能會認為，透過視覺辨認彼此並非難事一件，但這種觀念絕對是錯誤的。在此，請容我指出一些現象，讓各位瞭解在平面國的現實生活中，藉由視覺辨認彼此身分這檔事情，遠比我方才要講得要更微妙且複雜得多。

舉例來說，當我那位正三角形的父親走向我，若是他面對我的是他其中的一條邊，而不是一個角，那麼，除非我請他轉身，或我繞著他緩緩移動，不然我會誤以為他其實是一條直線，或是一位女士。同樣地，當我與我那兩位正六邊形的孫子的其中一位共處一室之時，若是我正面注視他的某一條邊ＡＢ，那麼，情況便如同下方圖解，我看見的是一段均勻亮度的線段ＡＢ（端點的亮度幾乎不會衰退），以及兩條較短的線段（ＣＡ跟ＢＤ）。而這兩條線都會在越接近端點（C與D）時，光芒變得越加黯淡。

但是，我不會滔滔不絕地大談有關視覺辨識的話題。然而，立體國裡最優秀的數學家現在應該認同了我的論點：對那些受過良好教育的視覺辨認使用者來說，在一個舞池或一場座談會中，當人們在移動、旋轉、前進與後退時，要立刻用視覺辨認出多位同樣在移動中的高階多邊形，真的是一件難度非常高的任務，是大自然對於我們智商的一大考驗。基於這個充分的理由，我們的最高學府文特布里奇大學投入相當可觀的資金，聘請知

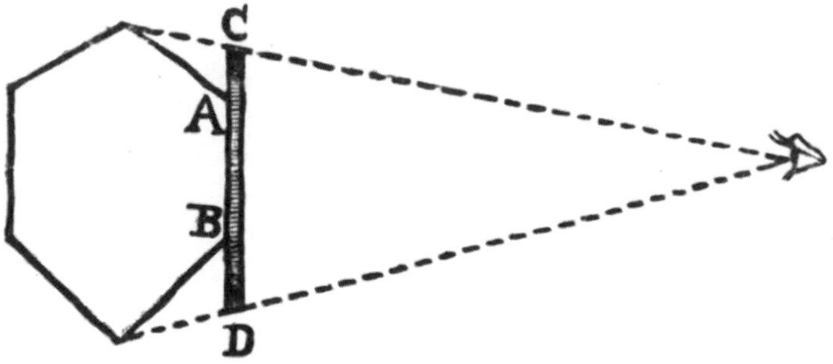

識淵博的教授學者，針對靜態與動態的視覺辨認的美學與科學領域，開設大班制的課程。

唯有少數的家族和富有的下一代擁有足夠的時間和金錢去學習這套尊貴的技術。其餘人——就連像我這樣的數學家，身為兩位優秀的正六邊形的孫子的祖父，若是要叫我在茫茫人海中辨認出一位正在旋轉的多邊形貴族，也不見得每次都能成功。更別提一般的商人或農奴了，用視覺來辨認彼此，對他們來說，恐怕是永遠也無法理解的高超技術。若是更不客氣地說，假如諸君，我的讀者，您忽然被運送到了我們平面國來，恐怕您也無法理解或者操作這項技術。

在一群人之間，您只能看見一條又一條的線段，每條線段不時發生著局部的明亮的變化：時而某段變亮，時而某段黯淡。即使您修完了以正五邊形和正六邊形為主的大學三年級的相關課程，並充分掌握了該課程的專業知識。您依然得長年累積實際經驗，才能泰然自若地穿梭在上流社會的人群中，並避免做出「推擠比您高貴的人」這種無禮的行為。上流社會的人來說不會，也不想被問及「我能觸碰您嗎？」他們可以直接看出您的階級，知道您此刻在前進、後退，或旋轉。相反地，您卻對他們一無所知，連他們的階級也分不清楚，這種狀況真的相當窘迫。換句話說，若是想在多邊形的社群中表現得優雅且合乎禮儀，唯有多邊形貴族能勝任，一般人連演都演不出來。以上，至少這是我從自身經驗裡所得到的慘痛教訓。

想學會視覺辨認這項藝術——或者我得稱呼他為本能，因為某些貴族表現出來的的確如此——不僅需要在日常生活時勤奮練習，更重要的還有一個條件——不要去學觸覺辨認。這麼說吧，假如您今天是一位聾啞人士，您先學會手語，習慣使用手語溝通後，您就不太有動力去學習讀、說唇語這項更困難的溝通技巧。觸覺辨認跟視覺辨認就是這樣的關係，早年曾學過觸覺辨認的人，沒有一個能夠將視覺辨認的技術學習到臻至完美的境地。

基於此項因素，在上流社會不但不鼓勵觸覺辨認，某些時刻甚至禁止使用這個技術。貴族的子女不會去上公立學校（在這裡可以學習到觸覺辨認），而是從小被送到高級的私立學院。在我們平面國最好的大學裡，使用觸覺辨認是情節重大的違規行為，犯錯的人將被認為粗魯地冒犯他人，情況嚴重的甚至會被學校開除。

但是，對於社會底層的人們而言，視覺辨認的技術太過奢侈。讓下一代花上三分之一的生命去學習一項技藝，一般的商人根本負擔不起這麼高的成本。因此，窮苦人家的小孩很早就開始學習觸覺辨認，在學習過程中，依靠觸覺辨認建立起的社會關係讓他們較為早熟，言行舉止也相對活潑。反觀多邊形貴族的小孩們，他們冷漠而缺乏活力、也沒有一技之長，因為他們什麼都不會。但當他們大學畢業後，將其學習的理論與視覺辨認技術應用在現實中時，他們不再是小時候的他們了。上流社會的年輕人煥然一新，不論在藝術、科學、社會科學方面，都占據了領導地位，而同年紀的正三角形年輕人，則被遙遙拋在後面。只有少數的多邊形階級無法通過大學期末考或畢業考，這些少數失敗者的處境實在令人同情。他們被上流社會排除在外，一般階級的人也瞧不起他們，他們缺乏多邊形的文學碩士或大學學士應該具備的專業能力與成熟度，也沒有同年紀商人的靈巧與多才多藝。社會向他們關上了所有的門，將他們排除在外。在某些州，儘管他們並未被限制不得結婚，但他們也找不太到適合自己的伴侶，因為由過去的經驗顯示，這種不幸而愚笨的雙親所生下的子女，就算沒有不規則的多邊形外貌，也會遺傳他們的不幸與愚笨。

在過去，底層階級的人曾經反抗貴族階級，引發了好幾次的暴動與叛亂。大多數的暴動領袖，都是這些沒落的失敗貴族。有些明智的政治家因而認為，真正的仁慈是避免暴動，而若要根除叛亂，就必須頒布法令，將那些無法通過畢業考的貴族子女終身監禁，甚至予以安樂死。

我好像又有點兒離題了，到後頭全都在談不規律多邊形的事情。但這確實值得花上一整章好好地與諸位分享。

第七章　關於不規則多邊形

在前面的篇章中，我曾經做出一個根本性的假設——平面國的每位國民都是規律的正多邊形，平面國是建立在規律正多邊形之上的。我的意思是，女性不僅僅是一條線，而是一條直線，工匠和士兵是等腰三角形，商人必須是正三角形，律師（我是這之中的一員）是正方形，而多邊形貴族們則每一邊都必須等長。

每個人每邊的長度都有不同，隨著年紀而產生變化。剛出生的女嬰約為一英吋，一位身材修長的成年女性有一英呎。至於成年男性，不論哪個階級出身，通常周長是兩英呎多一點。不過，長度不是今天我們要討論的重點，我們討論的主題是「邊長相等」這個概念。

用想的也知道。唯有來自大自然的傑作，才能將每個人都設計成正多邊形。由於正多邊形是平面國的基礎。試著想像看看，假設我們的邊長不一致，每個角度也隨之不相等。這麼一來，比起原本只需要觸摸或觀察一個角就能判斷對方的形狀，我們變得必須去觸摸每一個角，才能知道對方的從屬階級。人生苦短，哪有這麼充裕的時間讓我們這樣繁雜而盲目地辨認一個人。此外，所有關於視覺辨認的技巧與科學都將逝去，觸覺辨認技術也將不復存在，人與人之間的交流將變得危險、甚至幾乎成為不可能，再簡單的社交活動也可能因為意外撞到出乎意料的銳角而造成傷害。人們之間將不再彼此信任，一切將變得無法預料。換言之，平面國將從文明社會倒退回野蠻時代。

若我講得太快，使得諸位無法跟上，來想像這麼顯而易見的結局。再容我舉出一項生活中的簡單例子，諸位就可以理解到「平面國社會系統建構在正多邊形之上」這句話的真諦。

好比說，若您在街上遇到兩三個人迎面走來，您能夠憑著逐漸黯淡的兩邊，一眼辨認出他們都是商人。然後，您便能自在地邀請他們到您府上共進午餐。因為每個人都知道，一位三角形成人所占據的面積相差無幾，最多不超過一或二平方英吋的誤差。但請試著想像，要是您的商人朋友是不規則形狀的，他的背後拖著一片巨大的，對角線長達十二到十三英吋的平行四邊形，您該怎麼把這頭巨大的怪物領進家門？

如果我把細節說得再詳盡些，倒像是在侮辱各位立體國國民的智慧了。基於環境的優勢，諸位理當清楚不規則形狀對我們的困擾。明顯地，在這種情境下，僅僅量測一個角度，並不足以了解一個人的完整形狀。我們的生命將耗費大把時間，用來測量每一位朋友的周長。對一位教育良好的正方形來說，若是要避免在群眾中被撞到，已經耗盡了他大半心力，如果還要將「正多邊形」這項條件拿除，必須考慮遇到不規則形狀時的情況，則一切都將陷入混亂。哪怕是小小的騷動，恐怕都會引起一連串的連鎖反應，造成嚴重的傷害。如果他撞上的是女性或者士兵，更會導致大量傷亡。

因此，自然界決定讓我們的形狀有其規律。此後發展的法令，更進一步地支持規律性存在之必要。「不規則形狀」表示這個人不僅有道德瑕疵，甚至根本可以直接被認定為罪犯，以對待犯人的方式對待他。當然，有些人不喜歡這樣，他公開發表言論，宣稱不該把「幾何上的不規律」與「道德上的瑕疵」這兩件事畫上等號。他們的論述是這樣的：「『不規則形狀』的人一生下來，就被父母用異樣的眼光看待，被兄弟姊妹嘲笑，被整個家族漠視，被整個社會懷疑與排斥。他們得不到任何信任，沒有人願意將有意義的工作交付給他們。他的一舉一動被看似禮貌地關切，但其實是監視。等到他成長到必須被檢查規律性的年紀時，如果他被發現不符合規律性的標準，那他將會被處死，不然就是被發配從事無聊的工作，配給他少得可憐的微薄薪資，他的生活起居都被限制在辦公室內，度假時也被人嚴密地監控。我們懷疑，就算是最良善完美的自由人格，處於這種痛苦、扭曲的生存環境下，恐怕也不得不產生問題。」

這樣的言論乍聽之下有其道理，卻騙不了我，也騙不了聰明的政府官員。我們的祖先制定了政策，明確指出「容忍不規則形狀的存在，將嚴重影響到國家安全」。當然，不規則形狀的人們活得非常艱苦，但大多數人的利益，應該要被放在更優先而謹慎地考量的位置上頭。如果我們允許一片前端是三角形，後面卻是多邊形的人存在，允許他繁衍更多的不規則形狀，那我們的生活將會變成什麼鬼樣子？難道僅僅為了方便這些怪獸自由活動，平面國所有的房子、大門與教堂都得要重新建造嗎？難道在進入講堂、戲院時，我們的售票員都得去測量每個人的周長，以確保有足夠的空間讓大家坐下嗎？這些不規則形狀的人需不需要當兵呢？如果答案是肯定的，他們又該如何避免自己遭到同階級其他人的孤立呢？我再次強調，因為不規則形狀的人們具有輕易騙過他人的能力。好比說，假如前半身是多邊形的不規則形狀，當他們將頭探進商店時，那些相信他們是正多邊形貴族的商人，可是願意讓他們購買任何商品的。至於擁有這樣能力的不規則形狀們，則難以抗拒欺騙他人的誘惑。因此，對於這群人，我們絕對要群起而攻之！讓那些虛假的善心人士繼續去嚷嚷著廢除對不規則形狀的不平等法律吧！就我個人而言，我從來沒看過哪一片不規則形狀的人不虛偽、不離群索居、不盡其所能地為非作歹，大自然讓他們生成這副模樣真的是用心良苦。

別誤會，我並沒有激烈到會去支持某些州制定的嚴苛手段。在某些州，法律明文規定，嬰兒出生後，只要有任何一個角度與正多邊形角度差了零點五度，必須立即處以死刑。但事實上，在平面國歷史上幾位最聰明、最有智慧的人，他們年輕時的角度就與標準正多邊形的角度落差恰恰正是零點五度，某些聰明人的差距甚至高達四十五分（六十分之四十五，等於零點七五度）！要是這套政策貫徹全國，對平面國將造成無可挽回的損失。如今，我們的修復技術已經有了重大的突破，不管在壓縮、伸展、鑽孔或綁縛方面都取得相當的進展，其他例如手術，或者飲食控制，也都可以改善不規則形狀的病症，讓他們擁有更多機會得以變成正多邊形。因此，透過這本書，我在此向諸位昭告我個人的想法，對於剛剛出生的不規則多邊形，我認為並不應該制定絕對的衡量標準，但當醫療團隊宣布無法將他們調整為正多邊形時，我便建議將這些不規則多邊形嬰孩們，全數仁慈地、無痛苦地，殺掉。

第八章　平面國老祖宗的彩繪實踐

諸君閱讀至此，當我說出「平面國的生活，恰正如敝國的名稱般平淡無奇」時，諸君可能會點頭如搗蒜地表示贊同。當然，我們的國家有戰爭、有謀反、有動亂、也有混亂的政黨對立，我們依然有許多值得寫進史書的事蹟。與之相反，我們的生活處處充滿著與數學相關的現象，這些與生活緊密結合的數學問題，讓我們不斷地進行數學假設，並尋求驗證的適當機會，使生活充滿樂趣，當然，這樣的樂趣，恐怕是立體國的諸君無法認同的吧。

前面所提到的「生活無趣」，乃是從美學的角度來看。以審美與藝術的立場來看，平面國的生活相當平淡而實在。當一個人眼前的景致，一個國家所有的地標、歷史建築、人像、花朵及其他靜物，全部都是由一條條的線段所構成，每條線段之間僅僅存在明與暗的差異，這樣的生活除了無趣二字之外，還有其他更好的形容詞嗎？

不過，平面國並非從古迄今都是單色的。如果傳說屬實，那麼，我們曾經擁有長達六百年的彩色時代，那是很久以前，老祖宗們創造的一個短暫光輝的時代。一位有著好幾個版本名字的五邊形，他發現了組成基本色彩的法則，他運用這些顏色，先彩繪了自己的房子，再來彩繪自己的父親、兒子、孫子，最後，他替自己上了顏色。經由他們一家子的實踐，隨著顏色而招致的美感與便利性迅速被群眾接受了。寇馬提斯（Chromatistes）——最令人信服的政府當局這般稱呼他——為自己塗上彩繪後，獲得了全國國民的矚目。再也沒有人需要靠觸覺辨認他，他的一舉一動，他的鄰居不需要任何計算，即可知道得一清二楚。沒有人會去推擠他，也沒有人會搞混他的正面跟背面，大家都知道他要走去哪，不會不小心擋住他。他也不用像我們這些單色的正方形和五邊形一樣，總是得在穿過一群無知的等腰三角形時得大聲嚷嚷著自報家門免得被刺到。

色彩的魔力像野火般席捲全國。一周後，所有與寇馬提斯住在同一個地區的正方形和正三角形群起爭相仿效之，替自己塗上色彩。就連許多五邊形也繪上彩色了，僅有少部分的保守族群仍然持觀望態度。一兩個月後，連正十二邊形也受到了彩繪魔力的感染。不到一年，平面國只剩下極少數的最高階貴族抗拒被彩繪。不必多言，這項彩繪風俗緊接著傳播到周圍的區域，兩個世代後，除了女人跟圓形的牧師，所有平面國的國民都有了顏色。

然而，大自然似乎替女性及牧師築起了一道障礙，不讓色彩蔓延到這兩個階級之中，因為「具備多條邊」是彩繪的必備條件。依據這個條件，支持彩繪行動的人提出了一個是似而非的論點：「大自然用不同數目的邊作為不同階級的依據，就是為了等到今天，讓我們可以改以顏色來區分階級。」——這個論點為整個國家以及所有的城鎮都帶來了新的色彩文化，只有牧師與女性例外。後者只有一條邊，以學術的角度來看等同於沒有邊，因為邊至少得是複數。至於前者，如果一如他們向來所宣稱的，自己是一個完美的圓，不是有著無限多的無限短邊的多邊形，那麼他們同樣只有一條邊。兩者的差異在於，女性們很懊惱地坦承這項缺陷，牧師們則是自誇這項優點，主張自己是受到上天祝福的一群人，沒有好幾條邊，只有一條圓周。總而言之，這兩個階級並不適用於「大自然用不同數目的邊作為不同階級的依據，就是為了等到今天，讓我們可以改以顏色來區分階級。」的論點。當其他階級都將身體彩繪得繽紛亮麗，這兩種階級的人們則依然維持單調的黑與白，沒有受到色彩的汙染。

不道德的、放蕩的、反社會的、不科學的——隨便人們怎麼稱呼這次「彩繪革命」，從藝術的角度來看，這段時期是平面國璀璨的藝術萌芽期。但是非常遺憾地，藝術在平面國僅僅只是萌芽，並未發展成熟，甚至連開始綻放的青春時代都不存在。活在彩繪革命時代的人是多麼地愉快幸福啊，只要活著，就可以看到各種顏色。哪怕只是站在一場小派對旁，注視與會的人們，就夠令人開心的了。據說，當時在教堂和戲院裡，聚集在一起的觀眾形成的豐富色彩，甚至會讓最優秀的教師和演員的演出相形失色。不過，最炫目奪人，富麗壯觀，乃至無法以言語形容的，莫過於閱兵大典。

在閱兵大典上，當排成一列的兩萬名等腰三角形一齊轉身，原本對著我們的黯淡背部，一瞬間換成了兩條漆著亮橘色的等邊線段。正三角形的民兵們漆上了紅、白、藍三色。正方形炮兵團則是淡紫、亮青、藤黃與焦棕四種色彩，在朱紅色的大砲附近迅速旋轉。用色大膽靈活的正五邊形與正六邊形，在每一邊都漆上不同的顏色，以醫官、幾何學家與副官的身分疾馳過廣場——這所有的一切足以讓我們追憶起那有名的故事：一位優秀的圓形元帥，看見他領導的軍隊是如此美麗，於是扔掉了他的權杖與皇冠，只為了交換藝術家手中的畫筆，改行從事藝術。透過這類文字言語的極致形容，您可以想像，那個時代的藝術成就是多麼地偉大輝煌。在彩繪革命時代，一般市井小民最常掛在嘴邊的日常對談，也都充滿了與色彩有關的描述與思維。因此，彼時代的文學也興盛發展。即便在現今，那些最優美的詩詞，以及文法嚴謹的句子所留存的韻律，都是從彩繪革命時代遺留下來的，為後人所承襲至今。

第九章　彩繪法令

然而，在藝術達到巔峰時，人們累積的知識與技能卻開始快速衰退。

首先，由於並非必要，再也沒有人學習視覺辨認了。靜態、動態幾何學，還有其他類似的學科，都被認為是多餘的知識。很快地，就連大學也放棄了教授這些知識。次等的觸覺辨認也在國小遭遇到相似的命運，沒有人想學。過了一陣子，等腰三角形們開始主張，既然沒人願意學習觸覺辨認，那麼也沒必要將犯罪的等腰三角形送到學校當做標本來為教育服務。掙脫教育義務束縛的限制之後，每天在街上遊蕩的等腰三角形的數量越來越多，隨著人多勢眾，他們的姿態也越來越高。

年復一年，士兵和工人這些等腰三角形階級的態度越來越激進，他們主張自己與最高階級的多邊形之間已經沒有什麼差別了。從某種層面來說，他們是對的。如今，不需要靜態學、動態學，僅需透過簡單的色彩辨認，他們就能克服生活中絕大多數的困難。只要有色彩，他們也能以視覺辨認身分。因此，他們甚至開始明目張膽地要求通過彩繪法令，禁止所有「專屬貴族的技能」，這意味著政府必須停止對視覺、觸覺辨認、數學等相關科目的學習資助。又過了不久，他們開始堅持，既然顏色是自然賦予我們的第二天性，讓我們得以廢除先天上因不同形狀造成不同階級的區別，相關法令也該與時俱進，跟隨色彩的步伐，讓所有人、所有形狀在法律上同樣平等，被賦予相同的權利。

發起這一系列革命的領袖人物，當他察覺上流社會對這些要求抱持著猶疑的態度時，他非但沒有退縮，反而更進一步地提出全新的主張：所有階級的人們，包括牧師與女性，必須藉由彩繪自己來體現對顏色的敬意。部分人士則反駁，他們認為女性跟牧師沒有多條邊，無法接受彩繪。針對這點，革命分子的回覆是：「透過大自然的設定，人們的前半身有眼睛和嘴巴，後半身什麼都沒有，這應該是要被區分開來的，考量到人們生活的便利性，則更該如此。」因此，在某次特殊的平面國全國大會上，他們提出一套法律條款，要求每一位女士將自己的前半身漆成紅色，後半身漆成綠色。牧師們也比照辦理，以眼睛和嘴巴為中心的前半圓漆成紅色，另外的後半圓漆成綠色。

這項非常聰明的提案，事實上並不是由等腰三角形提出的——他們的智商太低，根本無法想出這麼精明的條款，甚至連欣賞它的奧妙之處都沒得商量——這條法令是由一位不規則圓形所提出的。孩提時，周遭的人出於一時的溺愛，沒有將他處死。想不到，長大成人之後，他卻成了一個愚蠢的自我放縱者，為平面國帶來無可轉圜的災難，更使無數的追隨者隨之毀滅。

革命分子的彩繪創新自有其如意算盤，他們打算藉由賦予女性與牧師一模一樣的雙色調，希望能獲得各階級女性的大力支持。從某些角度看上去，女性與牧師幾乎有著一模一樣的外表。如此一來，她們將享有牧師尊貴的社會地位——這幅美好前景將吸引大量的女性支持者。看準了這點，革命分子對於掌握廣大女性的支持握有相當的把握，諸君之中的少數人可能無法立即了解，為什麼在新的法令之下，女性跟牧師會看起來完全一樣，暫且容我為各位稍作解釋：

想像有一位女士，按照法令正確地彩繪自己，將有著眼睛跟嘴巴的前半身繪成紅色，後半身繪成綠色。若是我們從她橫著身子的那側望過去，您將可以看到一條半紅半綠的直線。

現在，請想像一位牧師，他的嘴巴是M，分別將前半圓（ＡＭＢ）和後半圓彩繪成紅色與綠色。直徑ＡＢ可以視為他身上紅色與綠色的分界線。當您將視線對齊直徑ＡＢ，注

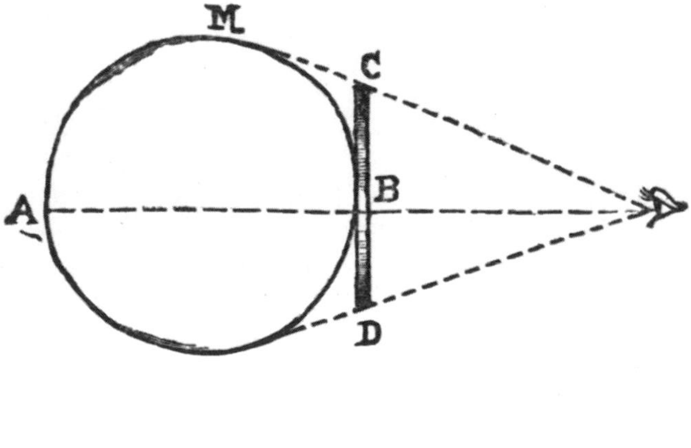

視著這位高貴的紳士，您將看到一條直線（CBD），其中一半（CB）是紅色，另一半（BD）是綠色。整條線（CD）會比女性，或許比女性一半的身長還短，且兩端色澤較為黯淡。但當您的注意力被顏色所主宰時，您會忽略這些細節。請謹記在心，能看破端倪的傳統視覺辨認，受到色彩革命的影響與禁止，已經很少人懂了。毫無疑問地，加上女性們為了被誤認成牧師，這些女人肯定將迅速找出降低她們兩端的亮度的法子。如此一來，各位理當能夠理解，這項新頒布的彩繪法令將會造成多大的危機，女性與牧師的外貌從此將再也分辨不清楚了。

可想而知，彩繪法令對脆弱的女性們來說具有多麼大的吸引力啊。她們滿心期待著那些必然會發生的混亂。因此，她們將可以在家裡聽到那些原本只該讓她們的丈夫或兄弟聽到的，關於政治或宗教方面的機密。她們甚至可以假冒牧師發布指令。在戶外，由於沒有別的顏色區隔，醒目的紅綠雙色肯定會讓路人犯下無止盡的錯誤，使女性被誤認為牧師而獲得尊敬；反過來說，牧師也會被誤認為女性，使得人們忽略了本應對他付出的尊敬。兩者的關係一來一往，一邊失去的越多，表示另一邊獲得的越多。女性犯下的錯誤，可能會輕率地被誤認為是牧師的所作所為，錯誤的醜聞日積月累，將從根本上破壞憲法賦予牧師的地位。但女性們壓根兒沒想過這些，自然也不會刻意地謹慎行事。就算是圓形階級家庭的女士們，也十分享受彩繪法令所帶來的好處。

彩繪法令的第二條款用意，在於從內部開始打擊圓形階級的心智，令他們逐步衰退。儘管一般人的知識技能已經退步了許多，但圓形階級依然保有相當的理解與認知能力。圓形階級的後代從小生活在沒有任何顏色的家庭環境中，得以認真學習已經鮮為人知的視覺辨認技能。這類訓練的最大好處是，他們將為此保留傳統的智慧。因此，在彩繪法令頒布之前，圓形階級仍舊堅持傳統視覺辨認技數，他們的智慧不但未曾衰退，反而與其他階級之間的距離拉開得更遠了。

如今，那位聰明的不規則圓形推出的有如惡魔般的彩繪法令，藉由強行讓圓形階級上色，重重地打擊階級制度，同時摧毀了圓形階級在家庭裡教導傳統視覺辨認技術的機會。如此一來，圓形階級將無法保存他們獨有的智慧，他們也將變得與其他階級一樣愚昧。原因在於，當圓形家庭受到色彩的汙染後，父母與孩子都將搞混彼此的身分。光是判斷眼前的人是父親還是母親，對圓形階級家庭的小孩子來說，就是個大問題了。同樣的問題一再發生，一再動搖小孩的信心。最終，孩子們再也無法做出任何邏輯判斷，牧師們的智慧光芒也將因此而褪色、衰滅。

呈現在貴族們眼前的，除了可能從法律層面廢止階級，更展開了一條徹底顛覆階級制度的不歸路。

第十章　平定彩繪革命

引起糾紛的彩繪法令頒布後，實施了長達三年之久；局勢對革命組織相當有利，直到彩繪法令被廢止的前一刻，革命組織依然擁有絕對的優勢。

當時，多邊形曾試圖反撲，但等腰三角形以壓倒性的數量優勢，殲滅了多邊形階級的私人傭兵，正方形和五邊形則保持中立。最糟糕的是，某些最優秀的圓形紳士，竟然是死於陷入瘋狂的另一半之手。女士們因為彩繪法令而與圓形階級的政治立場互相對立，圓形階級的太太們非常生氣，她們不斷嘗試說服自己的先生不要排斥彩繪法令，當她們意識到自己完全無法說服對方後，長久累積之下的絕望令她們陷入瘋狂，以致親手殺死了自己的孩子、丈夫，乃至整個家族，最後以自盡收場。根據紀錄統計，在彩繪法令頒布的三年之內，超過二十三個圓形家庭曾慘遭屠殺。

這真是一場大災難。看起來圓形牧師們除了投降或被滅族，沒有第三條路可以走了。但，一切的局勢，卻因為一件小事，一夕之間徹底扭轉。為了日後的福祉，所有的政治家都該將這項關鍵事件牢記在心，偶爾試著預測甚至複製它。因為，這樣的事件往往可以引發出乎意料之外的群眾的共鳴，而善加利用社會被激起的同情心與同理心，則足以改變局勢。

事件經過是這樣的，一位頂角剛剛好超過四度的低智能等腰三角形——這位等腰三角形從一間商店搶走了許多顏色，嘗試著用好幾種顏色替自己彩繪——根據不同版本，我們不確定他究竟是自己為自己塗上顏色的，或者是有人幫他塗上去的，總之，他彩繪的色碼剛好是正十二邊形的顏色。完成彩繪的他來到市集廣場，用偽裝的音調，搭訕了一位少女，一位來自偉大多邊形家庭的孤兒——這種跨越階級的搭訕行為，在過去來說是根本不可能發生的，但透過色彩的偽裝，一連串的欺騙，以及不可置信的大量好運（對那位等腰三角形來說），使得少女徹底忽略了周遭人們對她提出的警告，也沒有做好完善的預防措施，最終，他們倆結婚了。事後，當那位可憐的女孩察覺到自己被欺騙後，她選擇了結束自己的生命。

經過報導，這起悲劇消息迅速擴散到每一州，聽到這起消息的女性既生氣又擔心。她們同情那位不幸的受害者，擔心自己或姊妹們有朝一日也會遭遇到類似的詐欺。這樣的想法，讓她們對彩繪法令有了不同的看法。不僅一部分的女性公開宣稱反對彩繪法令，其餘的女性也只需稍稍鼓吹，即願意做出同樣的宣示。抓住這個難能可貴的機會，圓形階級立即召開了一場特別的會議，聚集各州的代表。這場會議的特別之處在於：除了衛兵是由囚犯擔任以外，他們還邀請了眾多反對彩繪法令的女性列席會議。

在這場預料之外的會議上，當時的圓形主教——人稱潘托塞寇勒斯（Pantocyclus）——上台致詞時，多達十二萬名等腰三角形在台下大聲地喝倒采。然而，主教一上台，他便宣示圓形階級將讓步，服從群眾的意志，接受彩繪法令。這立刻讓群眾安靜下來了。原先的喧囂轉換成鼓掌，久久不絕。他邀請革命領袖寇馬提斯上台，如同革命分子般地認可了寇馬提斯的崇高地位。最後，主教開始他的演說，一場精采絕倫的演講，洋洋灑灑講了幾乎一整天，字字珠璣，使得任何摘要或紀錄都無法做到絕對正確的地步。

圓形主教以莊嚴公正、追求公平的口吻，首先宣示道，圓形階級願意認同彩繪法令的改革與創新。不過，他們想在最後，對彩繪法令進行一次全方位的檢視，在承認彩繪法令優點的同時，檢驗它將帶來的相應的缺失。在演講的過程中，他逐漸將話題導入彩繪法令對商人、專業人士、以及仕紳階級帶來的危機。儘管不時有些等腰三角形會開始吵鬧，反對他的言論，但圓形主教再三強調，只要大多數人支持，自己也將贊成通過彩繪法令。這樣的說法成功地安撫了反彈的聲浪。但是，顯然地，聽完了他的演講後，除了等腰三角形以外的其他族群都受到了影響，要嘛依舊保持中立，不然便轉為反對彩繪法令。

接著，圓形主教開始對勞工階級喊話，他主張工人的權益不該被抹滅。要是他們打算接受彩繪法令，他們至少必須去全面了解這項法令將帶來的因果關係，他說：「諸位之中的許多人，如今正處在即將晉升為正三角形階級的最後關鍵階段。其他人呢，儘管知道自己已經沒希望了，但依然將希望寄託在孩子們身上。這樣崇高偉大的理想，即將不復存在。如果我們全面採納彩繪法令，抹除階級制度。那麼，將來我們再也分不出規律與不規律的多邊形，目前已完成的發展將產生退化，勞工階級將在數代之後倒退成軍人階級，甚至變成犯人階級。政治權力將由人數最多的群體掌握——也就是罪犯們。犯人階級的人數如今已經比勞工階級的人數來得還要多。今後，當大自然制定的傳統階級被廢除之後，犯人階級的人數將會比其他所有階級的人數的總和還要再多出許多。」

工人之間傳來窸窸窣窣地交談，紛紛表示贊同。寇馬提斯警覺到狀況不對，打算起身上台去說服他們，卻發現不知不覺間，自己已經被衛兵包圍。衛兵要求他保持沉默，同時，圓形主教以充滿力量的言論，繼續向在場的女性們進行最後的遊說。他大聲地說：「如果彩繪法令通過了，那麼將沒有一段婚姻是安全的，沒有一位女性可以確保自己的尊嚴。欺騙、偽裝與虛情假意，將會充斥在每一個家庭裡，美好的家庭將會與平面國憲法邁向同樣的結果——快速毀滅！比我們所以為的更快！」主教嘶吼著，「一切將邁向死亡。」

這段話其實是一組暗號。一聽到這段話，包圍寇馬提斯的等腰三角形衛兵們便立刻向他展開攻擊，銳角刺穿了寇馬提斯。規律的多邊形階級們則散開隊伍，讓由圓形階級安排好的一群女性們，以近乎隱形方式的來回穿刺，精準地攻擊革命分子的士兵們。工人們仿效高階族群，同樣清出位置，讓女人們對革命分子發動攻擊。此時，擔任衛兵的犯人衝向每個出口進行封鎖，不讓任何人進出。

這場戰爭——或更精確地說——這場屠殺，只持續了極短的時間。在圓形階級優異的領導下，每一位女士都做出了致命的攻擊，同時，她們能夠巧妙地拔出插在敵人身體裡的尖刺，隨時準備好第二波的殺戮。不過，這種準備已經沒有必要了。慌亂的等腰三角形們自己解決了這一切。在失去領袖的情況下，被看不見的敵人攻擊，他們驚慌失措地發現，出口全部都被與圓形階級合作的犯人封鎖了，這時，等腰三角形的天性浮現了——他們完全失去了理智，哭喊著「叛徒」，以為身邊的人全部是敵人，至此，他們的命運確定了。他們以尖銳的頂角攻擊彼此，半小時後，廣大的等腰三角形們全體死亡，十四萬片散落了一地的碎片，是這場勝利的最佳證據。

圓形階級一步都沒慢下來，他們追求徹底的勝利。他們雖然放過了滅絕勞工階級的攻擊行動，但卻大大地減少了他們的數量。他們召集了正三角形的民兵，仔細檢查是否有不規則三角形的存在。一旦發現，不需要像平常一樣經過仔細檢驗，被揪出來的不規則三角形，一經軍事法庭審理立刻就地正法。軍人和工匠階級則被接受長達了一整年的監視審查。這段期間，每座城市、村莊、聚落都被系統性地淨化，那些曾經拒絕去小學和大學充作教育義務服務的標本們，那些違反平面國憲法的低等階級國民們，一個個都被殺掉了。終於，階級重新恢復了平衡。

不需要我多說。從此，顏色的運用被嚴格地禁止，連擁有顏料也是不被允許的，甚至連和顏色有關的言論都被徹底地封鎖。除了圓形階級或受過認證的科學教師以外，凡是提及色彩的人都將遭受嚴厲的懲罰。只有在大學裡，在非常少數的深奧課程之中——我未曾有幸參與這類課程——它們仍然能夠使用少量的色彩，來表現一些相當困難的數學問題。但這也都僅僅是我個人所聽說的。

在平面國的其他地區，如今，已經看不到色彩的蹤跡了。整個國家只有一個人知道怎麼製作顏色。終結彩繪革命的圓形主教臨終前，在床邊寫下了這道秘方，由圓形主教代代單傳。有一間工廠獨立負責生產顏色。而且，為了避免秘方外流，工廠裡的工人每年都會被「汰換」，引進新的工人。這段彩繪革命的歷史實在驚心動魄，直到現在，每當我們的貴族回憶起當時的情況時，依然會感到害怕。

第十一章　平面國的牧師

是時候該跳過那些關於平面國的漫談，進入本書的主旨。這本書主要是想分享我是如何受到立體國奧秘的啟蒙，先前的幾章都僅僅只是開場白罷了。

為了接下來專注在主軸，我必須跳過許多關於平面國的細節，儘管我想各位可能會對這些挺有興趣的。好比說，儘管沒有腳，我們如何移動、停止自己的身體；而在沒有手，又沒有「地面」可以站著施力的情況下，我們如何固定木頭、石頭、磚塊，構築地基，蓋起一棟房子；雨如何在那些不同的地區降下，為何北方的區域不會攔截往南飄去的濕氣；我們大自然界的山丘、礦脈、樹木、蔬菜是如何；我們的四季、耕種是如何；我們如何在由線段構成的平板上書寫，我們的文字又是何等面貌。這些和其他數百種相關的細節，我都得一一跳過。我必須在此強調，跳過這些細節，並不是身為作者的我有所疏忽，而是為了節省諸君寶貴的時間。

然而，在進入主旨之前，我還是得向各位介紹一下，當然，我想各位也應該非常想了解那身為平面國憲法的支柱，掌握我們一言一行與萬千百姓命運，並受到全國國民尊敬與崇拜的對象——還需要說嗎？我指的當然就是圓形牧師了。

當我稱呼他們為牧師，我得解釋一番，我們所定義的牧師遠比諸位所了解的牧師更加偉大。我們的牧師掌管了商業、藝術、科學的一切；他們領導了貿易、商業、軍方、建築、工程、教育、政治、法律、道德、神學。他們並非自己跳下來操盤，而是只負責對每一件有意義的事物下達決策，再交由他人執行。

儘管眾人相信，這世界上真的有「圓形」這種形狀的存在，所以我們稱呼牧師為圓形。事實上，受過良好教育的上流社會人士都知道，沒有一個圓形是真正的圓形，他們只是有著無限多無線短邊的多邊形。多邊形的邊數增加到最後，即會趨近於圓形。當邊數多到一定程度時，好比說三百到四百，即使是最精巧的觸覺辨認，也難以分辨出多邊形的角度。正確地說，應該是「恐怕很困難」。之前我們曾提過，上流社會是不屑藉由觸覺辨認身分的。觸摸圓形會被他們視為是最大膽、最無禮的冒犯。這種對於觸覺辨認的禁止，早年使得圓形階級更容易地保留存了他們其實是以非常多的邊構成的多邊形的祕密，他不用將他真正的周長，或者說，圓周，展現在他人面前。一般而言，多邊形的平均周長是三呎，那麼，一個正三百邊形，每一邊的邊長就只有百分之一呎，或僅僅比十分之一吋要多一點。如果是正六百邊形或正七百邊形，每一邊的邊長只會比立體國的針頭要粗一點。保守估計之下，圓形主教的邊長數目大概有上萬之多。

與底層社會相當不同，圓形階級的提升不受到大自然的限制，每一代可以增加超過一條邊。如果圓形階級也只能一代增加一條邊，那麼，一片圓形到底有多少邊，只是一道簡單的家族史以及計算問題罷了。例如，正三角形的第四百九十七代子孫，必然是正五百邊形。但現實並非如此——自然界中有兩條法則，影響了圓形階級的繁衍方式。

一、當一個家族的階級提升後，他們階級的提升速度會更快。

二、在同樣的比例下，上流社會的繁衍將更困難許多。

在一個擁有四百或五百條邊的正多邊形家庭裡，很難找到一位兒子，幾乎沒有超過擁有一位兒子的家庭。然而，四百五十條邊的正多邊形只要生下了後代，小孩則可能會一次跳躍到擁有五百五十條、甚至六百條邊。

醫療技術也介入了高等階級的晉升。我們的醫師發現，上流社會剛生下來的嬰兒，他們短小柔軟的邊長很容易被折成兩段，因此他的形狀可塑性很高。有時候，一位擁有兩百或三百條邊的正多邊形貴族會要求醫師替他們的小孩動手術，讓他們可以躍過兩三百代的繁衍，社會階級就能一次提升兩倍。當然，這項手術的風險非常大，許多前途光明的孩子們在手術中不幸夭折，只有大約十分之一的存活率。但對這些即將踏入圓形階級的正多邊形父母來說，他們強烈地渴望著有一位家族成員能夠成為社會最頂尖的貴族。因此，幾乎每一對圓形階級的父母，都會在長子生下來不到一個月後，就將他送去圓形階級專屬的整形診所。往後的一年內，將決定整形的成功或失敗。一年後，這些正多邊形的長子很可能成為整型診所附設墓園的一分子，但在非常稀少的情況下，小孩子能開心地返回他高貴的父母身邊，此時的他不再是多邊形，而是圓形——至少，基於禮貌我們可以這樣說。只需要一件成功案例，就足以讓許多的多邊形家庭懷抱著希望，繼續將孩子送往整形診所，儘管最終迎來的可能是截然不同的下場。

第十二章　平面國牧師的信仰教條

有關於圓形階級的信仰教條，可以歸納為短短一句話：「改進您的形狀。」不管是政治、宗教、或道德層面，一切的教育都是為了提升個人和社會大眾的形狀，希望最終臻至圓形的境界。於此前提下，其他的目標都僅為次要。

這一切全都要歸功於圓形階級的人們，他們成功鎮壓了古代異教徒的思想，那些思想鼓勵人們浪費精力去相信，人的言行舉止取決於個人的意志、努力、訓練、勇氣、他人的鼓勵以及其他事物等等。除了形狀以外，多虧了令人景仰的圓形主教潘托塞寇勒斯，如同我們之前曾提到的，這位主教阻止了彩繪革命。他同時也是第一位說服群眾「形狀決定一切」的人。舉個例子，如果您生下來就是一位近似等腰三角形的三角形，那麼，您長大後一定會步入歧途，除非，您讓其中兩邊等長，變成等腰三角形。因此您必須要去等腰三角形專用的醫院。同樣地，如果您生下來就不是一個正三角形、正方形、正五邊形，您得去一間屬於您的醫院，將您的不規則形狀的毛病給治好。否則，您的餘生必須得在州立監獄中度過，或者被州立劊子手處決。

從最輕微的犯錯到最兇殘的罪行，潘托塞寇勒斯將所有的錯誤或缺陷，全部歸咎於犯罪者的形狀偏離了正多邊形所致。這些偏差要不是天生如此，就是在人群中碰撞導致。至於疏於運動、飲食過量、甚至溫度的變化，都會導致每個平面國國民的形狀裡特別敏感的該部分縮小或膨脹。這位知名的哲學家最終歸納道：「不論行為舉止是好是壞，都只與形狀有關，不需要去刻意讚美或責備。好比說，當一片正方形為了他客戶的利益而奮鬥時，您為什麼要讚美他的道德高尚，而不是讚美他的四個角都是直角呢？同樣地，為什麼要去責備一個有偷竊慣性的等腰三角形呢？您應該要為他那無法治癒的兩條不等邊感到哀悼啊！」

這項教條在理論上是不容質疑的。但實際執行之後卻發現它自有其缺失。比方說，與等腰三角形打交道時，要是這些騙子偷東西被逮到了，他將辯稱自己的偷竊行為是因為它的沒有兩條等長的等邊，而身為法官要做事情則相當簡單：既然他無法自我控制，不如將他判死刑便一了百了。然而，如果是與刑罰完全搆不上邊的家庭糾紛，這套將一切歸因於形狀的信仰教條就陷入稍微尷尬的境地。我得承認，有時候，我的正六邊形孫子會扯出類似「因為氣溫變化造成我的周長改變」這類的理由，好為自己的叛逆辯護，反倒指出我不該責備他，而是必須讓他多吃點兒甜食來增強體魄。關於這樣的論述，從邏輯上我找不到反對的立場，但就事實而言，我卻依然無法苟同。

以我自己來說，我認為，無論是大聲怒罵或給予懲罰，對我的小孫子的形狀都有潛在的好處。但我承認，我無法提出任何證據來佐證此想法。不過，我並非唯一一個試著對這種尷尬處境提出解決之道的人。在法院裡我發現，許多最高階級的圓形們，僅會對正多邊形與不規則形狀給予「鼓勵」與「責備」。但當他們在家裡教訓孩子時，他們又極度強調「正確」與「錯誤」，彷彿他們真的相信人們有自由意志，可以在兩者中自由選擇。

透過持續推行「形狀決定一切」的教條，圓形階級逆轉了各位身處的立體國裡，親子相處的自然規則。對各位來說，得教育子女尊敬父母；但對我們平面國而言，除了尊敬最崇高的圓形外，一個人如果有了孫子，即得尊敬他的孫子。不然，就得尊敬他的兒子。「尊敬」並非指「放縱」，讓他為所欲為，而是凡事以他的利益為優先考量。圓形階級灌輸平面國的父母們一種觀念，要把孩子的利益放在自己的利益之前。這不僅是為了孩子們好，更是為了整個社會利益著想。

不過，要是肯讓我這個卑微的正方形斗膽說些什麼，那麼，我覺得圓形階級推行的這套系統有一個缺點，就是他們對於女性的態度。對這個社會來說，最重要的，就是避免讓不規則形狀繁衍其後代，連女性也不例外。因此，任何一位希望後代的階級能夠晉升的男性，都不希望他的太太擁有不規則形狀的祖先。

要知道男性是否是不規則形狀，只需要測量就好。但因為女性都是直線，視覺上總是規律的。人們只好利用別的方法去判別這位女士是否具有所謂的「隱性不規則」特質，意思是，她們是否有可能生下不規則形狀的小孩。州政府保留了女性的祖譜並嚴格地監控。一位女士若的族譜若是未經過認證，她是無法結婚的。

現在，我們常認為一位圓形——他為自己的祖先感到驕傲，他的小孩更可能是未來的圓形主教——因此，他理當特別留心地擇偶，絕對不允許他的配偶有一絲的汙點。很遺憾，現實並不是這樣子的。隨著社會階級的提升，越高階級的正多邊形選擇配偶的時候卻越粗心大意。對一位想要生下正三角形的等腰三角形來說，沒有任何因素可以迫使他選擇一位有著不規則形狀祖先的太太。但對於社會階級穩定提升的正方形或正五邊形家族而言，如果一位女性的五百代祖先內有不規則形狀者，他們是不會迎娶她進門的。正六邊形或正十二邊形在選擇配偶上則更加隨興。我曾聽說過，某一位圓形甚至故意迎娶一位曾祖父是不規則形狀的女士，僅僅因為這位女性具備某些吸引人的特質，或是她低沉性感的嗓音——以我們的審美觀來說，我們比立體國的諸位更在意低沉性感的嗓音，並認為此乃女性最美好的部分。

這類充滿錯誤判斷的婚姻，一如預料地，要不是導致不孕，不然就是生下不規則形狀或邊數減少後代。但就算事前就意識到此等風險，依然無法阻止這類錯誤的婚姻發生。對一位發展完整的正多邊形說，失去幾條邊不大容易被察覺，有時候甚至透過整形手術後即可治癒。至於不孕的話，圓形常常傾向將這歸咎於自然界對它們的過度發展做出的懲罰。然而，只要這些惡魔般的不規則形狀女性沒有被揪出來，圓形階級將會代代退化，且退化的速度會越來越快，不久後，他們就無法產生出圓形主教，而平面國的憲法也將因此衰敗。

從我心中浮起的另一個問題，同樣無法找到解決之道。這個問題也和男女關係有關。三百年前，彼時的圓形主教頒布了一項法令：既然平面國的女人們既缺乏理智又情感過剩，她們不該再被認為擁有理性，也不應該再接受任何心智上的教育。之後，女性不再被教導該如何閱讀，她們甚至無法計算自己先生的角度為多少，她們的智能一代代迅速退化。這種將女性拒於教育之門外、要求女性無所作為的社會制度，目前依然普遍存在。

我所擔心的是，即使是出於善意，這項迄今依然執行的政策將深深傷害男性。

基於這項政策，我們男性某種程度上必須得會說兩種語言，或者幾乎可說，男人們必須具備兩種心智。當男人們對女性說「愛」、「責任」、「權利」、「錯誤」、「可惜」、「希望」這類理性或情緒用語時，我們並沒有別的意思，只是為了控制女性豐沛的情緒與精力。但在男性之間，或是在我們閱讀的書籍之中，這些字彙則擁有完全不同的意義，甚至有如另一種語言。「愛她們」的意思是「預期會帶來好處」，「責任」是「必須」或「適當」，其他的語彙也都有相對應的翻譯。除此之外，我們對女性說話時，會展現出最崇高的敬意，她們完全相信，我們尊敬她們的程度不下於對圓形主教。但在她們的背後，除了少數非常幼小的嬰孩以外，我們發自內心地輕視她們，認為她們幾乎是「沒有智慧的生物」。

在女性的世界之中，我們就連神學也有一套完全不同的解釋方法。

現在，我卑微的憂慮是，無論語言或思想，這樣兩面式的訓練對年輕人而言乃是一項沉重的負擔，特別是三歲左右的孩子們。他們才剛脫離母愛無微不至的呵護，就被教導要放棄他們學會的語言——除非護士或母親在場時可以繼續使用——其他時候，他們得學習全新的詞彙與科學知識。我認為，這就是導致我們和三百年以前的祖先相比之下，對數學能力的掌握度更加薄弱的關鍵。我還沒提到那些雙語造成的潛在危險，比方說，如果某位女士暗地裡學會了另一種語言，她就會將那些語言真正的意義告訴其他女性同胞，或者，也可能是小男孩向媽媽吐露了祕密。

撇開洩漏祕密這檔事不談，最起碼，考慮到男性的智商逐漸降低一事，我謙遜地提出建議，希望當權者能重新考慮平面國女性的教育政策。

第二部　其他世界

第十三章　我如何看見了直線國

那是一九九九年的倒數第二天，也是連續假期的第一天。整晚，我沉迷於我最愛的娛樂之中——讀幾何學。我有個問題始終解不出來，但因為時間晚了，只好上床睡覺。當晚，我做了個怪夢。

我看見一大群短短的線段（自然，我以為她們是女性）散布在眼前。同樣在這區域內的，還有許多小小的光點，她們跟直線一樣都在來回移動。依我看來，他們移動的速度一模一樣。

這些點與線在移動時會發出像鳥兒一樣的鳴叫聲，聽起來相當惱人。我觀察到聲音的週期剛好與她們的移動頻率一致。當她們停止不動時，一切便回歸寂靜。

我朝一位個子最高的女士走去並向她搭話，但她完全不理睬我，我又嘗試對她說了兩三次話，全部都只是徒勞無功。我被如此無禮的回應搞得失去耐性，便將嘴直接湊近她臉的正前方，擋住她的去路，大聲地重複我的問題：「小姐，這些人到底在幹嘛，發出奇怪又惱人的叫聲，又在同一條直線上做出單調的前後移動？」

「我不是小姐。」這條直線回答道：「我是這個世界的國王。而你，你是從哪裡來的，又是從哪兒闖進我的國土？」這出乎意料的回覆，使我立刻請求他的寬恕，原諒我作為一位外地人，失禮冒犯了尊貴的國王。接著，我請求國王告訴我關於他國家的一些知識。無奈的是，不管怎麼做，我都無法得到任何讓我感興趣的資訊，這位國王堅決相信，他所知道的一切我都應該知道，我三番兩次地請教他，只是在裝傻、尋他開心罷了。然而，持續的發問還是讓我得到了一些寶貴的資訊。

這位可憐又無知的國王（他自稱為王）生存在這條無限延伸的直線上，這是他的國度。在他心中，他的國度等於整個世界、整個宇宙。他一輩子都待在直線裡，無法離開，也無法看見直線以外的風景。當我第一次向他說話時，他雖然聽見了聲音，但他從來沒遇過任何聲音是來自那麼奇怪的地方，因此他決定不回答。「我沒看到任何人。」國王這麼說，「我只聽到聲音從我的腸子裡發出來。」在我將嘴伸進他的世界（直線）之前，他看不見我，也聽不清楚我說什麼，只有一陣噪音從他的「邊（side）」傳來，邊是我的用語，對他來說是他的「內

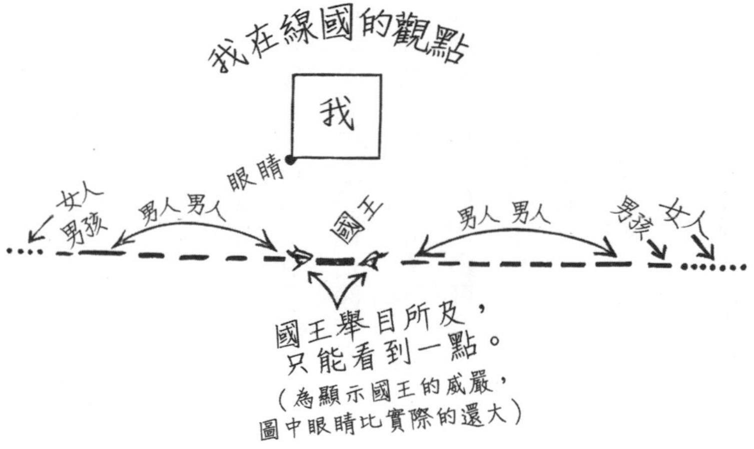

部（inside）」，位於腸子的位置。因此他完全摸不著頭緒。對他來說，在他的國度、這條直線以外的一切都是空白，不，甚至連空白都算不上，因為空白表示還有一塊位置，只是沒放東西上去而已。

正確地說——他以為直線以外的一切都不存在。他的子民們都是由線和點組成的，前者是男性，後者是女性——這些人同樣被限制只能在這條直線上移動，只看得見直線上的事物。這麼說來，直線確實就是他們的全世界。我不必再多費唇舌，諸君便可以自行想像，他們的平面被限制在一個點上，也就是說，除了一個點之外，他們什麼都看不見。男性、女性、小孩，任何能收盡眼底的一切事物全都成為一個點，這就是直線國的真相。他們靠聲音來區分性別和年紀。因為每一個人都占據了直線上的一小段，因此，在直線國裡沒人能夠跨越另一個人，或從一端移動到另一端。一旦成為了鄰居，一輩子都得是鄰居。他們的鄰居關係就好比我們的婚姻關係，只要做了鄰居，那麼，唯有等到死亡的那一天才能讓彼此分開。

一想到所有的視覺與行動都被限制在同一條直線上，這種生活對我來說簡直是難以形容的枯燥乏味。因此，我對於國王為何還能如此精力充沛、心情愉悅，感到分外驚訝。在這麼不適合建立家庭的環境下，我懷疑直線國的人是否能享受婚姻的喜悅。但這麼微妙的問題又不方便對國王開口，我想了想，決定唐突地以「關心他家人的健康」來切入話題。「我的太太和孩子很健康，過得也都很開心。」國王回答道。

聽到這樣的回答，我一時呆住了——在還沒進入直線國前，我看國王的身邊都是男性（如同在進入直線國之前，我在夢中所意識到的）——我鼓起勇氣追問：「不好意思，但我無法想像殿下您是如何看見、或走向您的皇室家族成員呢？您可以見到，在您周圍有這麼多人擋著，您又不能越過他們走到他們的另一端。難道在直線國裡，人們可以遠距離戀愛，並不一定得跟鄰近的人結婚生子嗎？」

「你這問的是什麼蠢問題？」國王說，「要真如你所說，直線國早就面臨少子化危機了。不不不，住得近不近，和我們尋找伴侶這件事一點關係都沒有。繁衍下一代是這麼地重要，更不該取決於位置這種小事。你不可能不知道這些。但是，既然你這麼喜歡裝傻，我也只好把你當作直線國裡的嬰兒般來教導。告訴你吧，我們的婚姻是透過『聲音』來完成的。

你一定注意到了，如同兩隻眼睛一樣，直線國裡的每位男性的兩端各有一張嘴巴、兩副嗓子，一副低音，一副高音。雖然，我不應該提到這個，不過在我們的對話中，我無法聽出你的高音。」

我回答道：「我只有一副嗓子。而且我也沒意識到您有兩副嗓子。」

國王沒理會我，持續說著他想說的話：「果然，我的猜測得到驗證了，妳不是男人，而是位有著低沉嗓音的怪異女性，以及全然沒受過訓練的聽覺。不過，算了，我繼續告訴你吧。自然界規定每位男性都該娶兩位太太。」

「為什麼是兩位？！」

「妳裝傻也裝得太超過了吧！」國王大吼，「要是沒有女高音、女低音、男高音、男低音這樣的四重唱組合，怎麼會得到完美和諧的婚姻生活呢？」

「但假如一位男性可能想娶一位或三位太太呢？」

「這就好比在說『二加一等於五』，『人的眼睛可以看見一條直線』，完全・不・可・能。」

我應該要打斷他的，但是他繼續說道：「在一星期的中間，大自然的法則迫使我們比平常更大幅度且規律性地前後移動，一共一百零一次。當律動進行到中間，即第五十一次律動時，我們會先停止，接著，每個人將盡他所能地唱出最豐富、最飽滿、最甜美的歌聲。那一瞬間，姻緣就決定了。命中註定的男女低音、男女高音彼此將天衣無縫地配合，儘管相隔十一萬公里遠，但他們的聲音會穿越障礙物與距離的限制，被命中註定的另一半聽見，愛讓三者結合。婚姻在瞬間實現，然後他們即會為直線國生下兩女一男。」

「什麼，一定是一次生三位？」我說，「難道要其中一位太太懷上雙胞胎嗎？」

「是的，低音女怪人！」國王對我吼道，「如果不是永遠維持兩女一男，直線國的兩性比例該怎麼平衡。妳為什麼連這麼基本的道理都要裝作不知道？！」

他氣呼呼地不發一語，過了頗為安靜的好一陣子，我才請求他繼續將他的「故事」說下去：「妳當然不能期望，每位單身漢都能夠在第一次求愛時就找到真愛。相反地，求愛的過程得反覆持續好幾次。只有少數的幸運兒，上天恩准他們立刻找到伴侶，當他們第一次發出聲音，便能找到共鳴的對象。大多數人的求愛時期很長。求愛的聲音可能與其中一位未來的太太一致，但另一位則否。或者更糟糕，與兩位都不一致。也可能兩位太太彼此高音與低音互相不協調。這些不協調儘管難以察覺，但大自然每週都會根據試唱的結果，來微調人們的音質，讓三位愛人的求愛聲越來越和諧，讓重唱趨於完美。經過許多次的嘗試與調整後，終於達到理想的重唱。當那天來臨時，直線國的婚姻一如往常地發生，三位遠距離戀愛的情人忽然間發現彼此的重唱臻至完美。接著，在他們還沒意識到這點，仍舊全心投入歌唱時，婚姻就完成了。之後，包括大自然在內，舉國人民都會為了這段全新的婚姻，以及三位新生兒而慶祝。」

第十四章　我如何徒勞地向直線國國王解釋平面國

我想，該是將無知自滿的直線國國王從他的自我世界裡，拉回現實生活中的時候了。我決定打開他的眼界，告訴他事實，讓他知道平面國的一切。我說道：「尊貴的殿下，您如何辨認您子民的形狀和位置呢？以我來說，我仰賴的是視覺辨認。當我還沒進入貴國時，我可以看見您的某些子民是線，其他是點。有些線段較長……」

「妳在胡扯。」國王打斷我，「妳一定是胡思亂想，自以為看見什麼了。每個人都知道，想用視覺辨認直線跟點，根本是不可能的。我們僅能透過聽覺辨認，也唯有透過聽覺，才能確定每個人的形體。看看我——我是直線國最長的直線，在空間中的長度超過六英吋——」

我鼓起勇氣指正了他的話：「在這條直線上的長度，您對空間的理解有誤。」

「這條直線即是空間！我受夠妳一再打斷我的話了。」

我趕緊道歉，但國王依然非常不悅，他輕蔑地說：「既然妳聽不進別人的話，妳就好好用自己的耳朵去聽聽我的兩副嗓子是如何傳遞資訊，讓六千英哩七十碼兩呎八吋以外的兩位皇后知道我的長度。她們一位在北方，一位在南方。仔細聽，我要呼喚她們了。」

他發出嘰嘰喳喳的噪音，然後自滿地看著我，他說：「我的太太們馬上會接收到我的其中一副嗓子發出的聲音，另一副嗓子的聲音，將晚一點抵達，因為後者多跑了六點四五七英吋的距離，即是我兩張嘴之間的距離，也是我身體的長度，六點四五七英吋。妳當然知道，我的太太們不用每次都去分辨兩種聲音抵達的時間差，然後重算我的長度。她們只需計算一次就足夠了。早在我們結婚前，她們就算過了。但她們可以在任何時候重新計算。而我也是用同樣的方法，以兩副聲音抵達的時間差，計算其他男性友人的長度。」

「但是……」我問，「如果一位男性用其中一副嗓音喬裝成女性，或想辦法偽裝，讓別人無法察覺到接連兩位的聲音並非來自他的兩副嗓子，類似這樣的聲音詐欺不會造成你們的不方便嗎？為了避免這樣的欺騙，你們會允許鄰居去觸碰彼此，藉由觸覺來辨識對方嗎？」當然，這是一個相當愚蠢的問題，因為直線國的人根本無法藉由觸覺來辨認對方。這問題的真正目的只是為了激怒國王。我成功了。「什麼！」國王震驚地大叫，「妳最好給我好好解釋一下妳這樣說的原因！」

「觸摸，肢體上的接觸。」我回應他。

「如果您所謂的觸摸，是指兩個人彼此靠近，直到兩人之間沒有距離。來自異國的陌生人，妳可知道，這在我們國家是嚴重得足以處以死刑的行為。理由很簡單，國家必須保障女性的人身安全，像女性這麼脆弱的身體，要是遭受到觸碰的話，很可能會粉碎。但既然我們無法用視覺分辨出男女，法律便規定不論男女老幼都得保持一定距離，不得靠近到能觸摸彼此，避免因為緊密接觸而粉身碎骨。」國王說道，「這就是妳所說的觸覺辨識在我們國家被嚴格禁止的原因。與其用這麼暴力又不精確的方法，為什麼不靠聽覺來辨認呢，既簡單又精準多了。至於妳所談到的那些欺騙行為，在我們這兒是不存在的，因為聲音是與生俱來，無法改變的特質。想想，假設我有穿越人們身軀的能力。我或許真的可以用觸覺辨認，穿越幾億人，辨認每個人的長度、位置。但是，這種愚笨又不精確的手法，得花去我多少時間與精力啊！現在，只要側耳傾聽，我可以做出全國人口普查、統計，不管是地域性的、有形或無形，我都能掌握每一個生物。這一切只需要傾聽，只要傾聽就夠了。」

說到這，他停下來聆聽，整個人彷彿陷入了極樂狀態，只因為他在傾聽的那些對我來說，不過就像無數隻小蚱蜢發出的微小叫聲。

「是啊。」我回答，「您的聽覺發揮了很大的作用，彌補了您許多不足的地方。請容許我指出，您在直線國的生活是多麼地乏味，除了一個點之外，什麼都看不見！甚至無法看到一條線段。唉，甚至根本不知道一條線段長什麼樣子！

你們是可以看見東西，但無法像我們在平面國那樣可以看到一條線。我覺得，只能看到那麼一點點，倒不如什麼都看不見還比較幸福。我可以確定，靠著我們比不上的聽力，你們可以透過直線國時時上演的演奏會來獲得巨大的幸福感，儘管那樣的聲音對我來說不過就是一群人在嘰嘰喳喳。但我可以看見線段與點的不同。讓我證明給您看。在我還沒進入您的國家時，我看見您左右搖晃地跳舞。您的左側附近共有七位男性與一位女性，右側有八位男性跟二位女性。我難道說錯了嗎？

「妳說對了。」國王回答，「目前為止，性別跟人數都說對了，儘管我不大知道妳所謂的『右』跟『左』是什麼意思。但我不會因此承認看得見線跟點。妳怎麼可能看得見『線段』呢？那是一個人身體的『內部』啊。妳一定是透過聽覺辨認，來搞清楚我周圍的人們是誰，再去妄想自己是透過視覺辨認的。現在，我問妳，妳所說的左跟右到底是什麼意思，是指北方跟南方嗎？

「不是。」我回答，「除了你們常說的南北移動。我們還可以有另一種說法，左右移動。」

「如果妳願意的話，展示一下妳所謂的左右移動吧。」

「哎，我做不到。除非您能和我一起離開您在的這條線，這條直線國。」

「離開這條線，妳說離開這個世界，離開這個宇宙嗎？」

「嗯，對啊。離開您的世界，您的宇宙。因為您的宇宙不是真正的宇宙，真正的宇宙是一片平面，但您的宇宙只是一條直線而已。」

「好吧，如果妳無法左右移動給我看。那請妳試著用語言描述，左右移動究竟是什麼。」

「如果您無法分辨出您的左邊與右邊，恐怕我無法用任何語言去描述我想告訴您的事情。但我相信您不會連這麼簡單的事情都分辨不出來吧。」

「我完全不知道妳在講什麼。」

「唉，這樣我要怎麼和您溝通呢？當您直直地移動時，您不曾想過，可以往其他的方向移動嗎？您不曾轉動您的眼球，看看您兩側的景色嗎？換句話說，除了總是沿著您的兩個端點的方向移動，您難道從來沒有想過，往別的方向，用您的側邊往前方移動嗎？」

「沒有。妳到底在說什麼啊？一個人的內部，怎麼可能會有前方這種概念？或者，一個人怎麼可能往自己的內部移動呢？」

「好吧，既然言語無法溝通。我只好用行動來展現。我將沿著我即將展示給您看的方向，慢慢地移出直線國。」

話一說完，我開始移動我的身體，離開直線國。當我還有部分身體留在直線國，國王還可以看見我時，我聽見他不停地大叫：「我看得見妳，我還是看得見妳啊。妳根本沒在動嘛。」

但當我徹底離開直線國時，他的叫聲開始變得尖銳：「她消失了，她死掉了！」

「我沒有死掉。」我回答國王。「我只是離開直線國而已，換句話說，離開了您所謂宇宙的那條直線。現在我在真正的宇宙中。在這裡，我可以看見一切的事物。我可以看見您這條直線，看見您的側邊，或您總是喜歡稱之為「內部」的部位。我看見您北方和南方的男男女女，現在就可以數給您聽，讓我依序描述們的大小、彼此間的距離。」

我花了很長的時間，將一切鉅細靡遺地描述給他聽，然後洋洋得意地對他說：「這總算夠說服您了吧。」

同時，我回到直線國，回到之前跟國王對話的位置。想不到，國王竟然回答：「如果妳是一位理性的男性，但因為妳只有一副嗓子，所以我懷疑妳根本是女的。但，算了，如果妳有那麼一絲理性，妳就該講講道理。妳要我相信在這個世界上，除了我所知道的直線，還有另一條直線；在我平常移動的方向外，還有另一個方向。聽完這些，我請妳用語言或行動去描述妳提到的方向，妳提到的另

一條線。但妳沒有用行動展現，只是施展了一些魔術手法，從我面前消失又出現。妳不肯清楚、有條理地解釋妳提到的新世界，妳只是告訴我，我的隨扈人數以及每一位隨扈的長度，這是直線國的首都裡每個嬰孩都知道的事情。還有比這更沒道理，更無理、更荒謬的行為嗎？我要求妳承認自己的愚蠢，或是立刻離開我的國家。」

我對國王強硬的態度感到生氣。特別是這傢伙搞了半天竟然連我的性別都不清楚，盛怒之下，我還沒仔細想，便先聽到自己的聲音衝口而出：「愚蠢的傢伙！您以為自己是完美的存在，但事實上您是最不完美且愚笨的人。您宣稱自己有視覺，但事實上您只看得見一個點！您自誇能透過聽覺去推測線段的存在，但我可以直接看見線段，可以去推測角、三角形、正方形、正五邊形、正六邊形，甚至圓形的存在。我幹嘛還跟您浪費口舌呢？這一切都已經足夠說明我能夠做到您所做不到的，我比您更完整。您只是一條線段，但我是許多線段形成的線段，在我們國家裡稱之為正方形。儘管我在平面國只是個小人物，但我可比您優秀許多了。如今，我從平面國降臨到直線國，只為了來找您，為了啟蒙您的無知。」

聽完我說這些話，國王氣得衝到我面前，威脅我，像要沿著我的對角線刺穿我的身體。在那同時，他的國民們紛紛發出聲響，像是戰爭開打時那樣，聲音震耳欲聾，彷彿是十萬等腰三角形大軍配上千名正五邊形砲兵攻打過來一般。我如同中了魔法，被聲音鎮攝在原地，動彈不得，無法說話。聲音越來越大，國王越靠越近，眼看我就要被粉身碎骨……

就在那一瞬間，我聽見早餐鈴聲響起，我從夢境中醒來，回到了平面國。

第十五章　關於平面國的陌生訪客

我從夢中回到現實。

那是平面國年曆裡一九九九年的最後一天。一場大雨揭開了夜晚的序幕。我與我太太坐在一起[3]，細數過去一年來發生的點點滴滴，展望來年、新的世紀，以及全新的千禧年。

3 當我說「坐下」時，當然我不是指像各位在立體國裡那樣子地改變姿勢。我們不像諸位一樣擁有雙腳，我們既不能「坐」也不能「站」，只能像魚類一樣始終保持相同的姿勢。不過，當我們提到「躺下」、「坐下」、「站著」的時候，身上散發的光澤會清楚地反映我們的情緒變化。類似這樣的平面國解釋還有好幾千種，再講下去就沒完沒了了，在此略過不提。

我的四個兒子和兩位失去父母的孫子早已上床睡覺。太太則依然陪伴著我，一起送走舊的千禧年，迎接新的千禧年的到來。

我全神貫注地沉思，反芻方才最小的孫子不經意脫口而出的話。他是一位令人期待的年輕正六邊形，有著超乎常人的聰慧以及完美的角度。他的叔叔和我透過一系列的實作課程，教導他視覺辨認的技巧，我們運用不同的速度轉動身體，要求他辨認出我們的位置，他的回答總是令人滿意極了，讓我忍不住獎勵了他，教他一些運用於幾何學方面的運算技巧。

我拿起九片邊長各一英吋的正方形，將它們擺在一起，形成一片邊長三英吋的大正方形。我要證明給小孫子看——儘管我們不可能看得見位在其中間的正方形——但我們可以藉由將每一邊有幾英吋，再取將邊長取平方，算出大正方形有多少平方英吋。

「所以呢，」我說，「我們知道三的平方，或是九，表示邊長三英吋的正方形面積是九平方英吋。」

小正六邊形低頭沉思了一下，對我說：「您教過我三次方。我想三的三次方應該在幾何學上也有意義才是。是怎樣的意義呢？」

我回答他：「沒有任何意義，至少在幾何上沒有。幾何中只有二維的平面而已。」

然後，我開始向他展示，當我們移動一個點三英吋，就創造了一條三英吋的線，我們可以用『三』這個數字來表示這條直線；當我們橫向移動一條三英吋長的直線，移動距離為三英吋，即創造了一個邊長三英吋的正方形，這時，我們可以用『三的平方』來表示這個正方形。

說到這裡，我的孫子默想了一段時間，忽然，出乎意料地向我表達他的疑惑：「如果將一個點移動三英吋，可以創造出一條三英吋的線段，用『三』這個數字表示；將一條三英吋的直線，以平行這條線的方式移動它三英吋遠，可以創造出一個邊長三英吋的正方形，用『三的平方』表示；那麼，要是將一個邊長三英吋的正方形，以某種『平行』（我不知道該怎麼做）這塊正方形的方式移動它三英吋，他呈現出的幾何形狀（我不知道是什麼），就是我所說的『三的三次方』了！」

「去睡覺！」我有點生氣地打斷他的妄想，「如果你少說點廢話，你就可以記得更多有意義的知識了。」

我的孫子自尊心受損地離開。我則回到太太旁邊，試著回顧一九九九年的一切，想像二〇〇〇年即將發生的事情。但我的思緒依然因為剛剛小孫子的胡言亂語而深受影響。在以半小時為單位的沙漏裡，裡頭的沙子快漏盡了，我將自己從沉思中喚醒，站起來身翻轉沙漏。這將是舊的千禧年裡，我最後一次翻轉沙漏了。在此的同時，我忍不住大喊：「那小子是笨蛋！」突然，一股寒意從我體內深處浮現，我察覺到，房裡多了個人。

「他才不是。」我太太回嘴。「你不遵守神的戒律，用難聽的話傷了你孫子的自尊心。」

我根本沒理會我太太，我環顧房間四處，沒發現第三者的蹤影，但我依然可以感受得到他的存在。忽然，我再一次感受到那股寒意，我嚇得跳了起來。我太太問道：「怎麼了，你在找什麼？這裡什麼都沒有，連風都沒有啊。」

的確，這裡什麼都沒有。我回到座位上，口中重新念念有詞：「那小子是笨蛋。三的三次方一點幾何意義都沒有。」

忽然間，房間裡傳出了一段清晰的聲音：「那男孩才不是笨蛋。三的三次方有著非常明確的幾何意義。」

聽到這段話（當然，我太太不大懂這話是什麼意思）的同時，我太太和我立刻衝向聲音的來源。讓我們嚇到的是，我們眼前出現了一個陌生人！

這位陌生的訪客乍看之下是一位女士，但仔細一瞧，我發現他的兩端光澤黯淡，一般女性的光芒並非如此。他是一個圓形——我腦中浮現了答案。可是，他似乎是一片可以自由變化大小的圓形。任何一位圓形，或我所認識的所有正多邊形之中，無人能夠做出這種變化。

然而。我的太太不像我擁有這麼多辨認身分的經驗，也不夠冷靜到能夠注意到這麼多細節。她像其他女人們一樣，任憑其輕率與不合理的嫉妒發作。她腦海裡的答案是——有個女人從房屋的某個小孔溜進了我們家客廳。我的太太對我大吼：「為什麼她可以鑽進來？你答應過我，親愛的，我們的新房子裡不會有通風孔的。」

「我們家沒有通風孔啊。」我說，「妳是怎麼想到那裡去的，竟然會認為眼前的陌生人是女性。我透過視覺辨認……」

「噢，我才沒耐心在那邊聽你扯你的視覺辨認。」她回答：「『觸摸為憑』以及『一條直線的觸摸，等同於一個圓形的視覺』。」

很好，這是平面國女性最常掛在嘴邊的兩句格言。

「好吧。」基於害怕惹毛她，我只好說，「如果妳執意要這麼做，那就向對方提出認識彼此的要求吧。」

我的太太走向陌生人，裝出最親切的一面，說道：「請允許我，女士，觸摸妳以及被妳觸摸。」

只一會兒，她便驚慌失措地跑回到我身邊：「怎麼辦！他不是女性，而且他身上完全沒有角。我怎麼能夠對一個完美的圓形做出如此無禮的冒犯？」

「的確，某種程度上來說，我是圓形。」那個聲音回答道，「而且我是比平面國裡所有的圓形都還要完美的圓形。更正確地說，我是很多圓形的組成。」

接著，他轉向我的太太，緩緩地說：「女士，我帶來一個訊息要給您的先生。

這份訊息無法在您面前說出來，可否請您迴避幾分鐘呢？」

但我的太太根本沒將這位尊貴客人的提議聽進去，她不斷自顧自地說著：

「我早該回房就寢了，我早就不該留在這裡。」又不停地為自己輕率的觸摸辨識道歉，前前後後折騰了一個多小時，才終於進房。

我望著沙漏，最後一顆沙子落下，第二個千禧年已經開始了。

第十六章　陌生人如何徒勞地努力向我揭示立體國的奧秘

隨著我太太離開，她那提醒他人注意自己的聲響逐漸變弱，我走近陌生人，試圖仔細看看他，順便邀請他坐下。但一走近，我就被他的外表嚇得完全說不出話。看起來，他的身上完全沒有任何一絲角度，不僅如此，他的大小、亮度還不時改變，我這輩子從來沒遇過這樣的形狀。

「我該不會遇上了騙子、殺人犯、還是什麼變種等腰三角形，為了得到允許走進我的房間，喬裝出圓形的聲音，現在正打算一角刺死我吧？」這個念頭閃過腦海。因為我們人在客房，這個季節又相當乾燥，導致霧氣不足，加上與眼前的人距離太近了，我無法完全信任自己的視覺辨認技能。因此，儘管害怕，但我依然鼓起勇氣提出無理的要求：「您必須要允許我，先生……」

我觸碰了他，我太太是對的。我從眼睛開始，觸摸了整個圓周一圈，他從頭到尾都沒有任何不滿。無庸置疑，他是我遇過最完美的圓形，完全沒有角度。之後我們開始對話。我會試著重述這段對話的所有細節，除了無止盡的道歉，因為我覺得實在太丟臉了，我這個正方形，竟然犯下了觸摸圓形的大錯。

對話的開始，起於陌生人對我冗長的觸摸開始感到不耐煩：「你摸夠了嗎？你是否應該先自我介紹一下？」

「尊貴的大人，我為我的行為深感抱歉，我不是故意違反社會禮節，而是您突如其來的造訪讓我有些意外、緊張，才因此失態。我請求您不要讓第三者知道我對您做出如此失禮的舉動，特別是我的太太。不過，在您吩咐我任何事之前，先生，能否請您滿足我小小的好奇心，告訴我您是從哪裡來的嗎？」

「空間，我從空間來的。不然你認為我還會是從哪來的呢？」

「我沒聽清楚？我的大人，您本來就在空間裡啊。就算是此時此刻，尊貴的您與您謙遜的僕人都還是在空間裡啊。」

「哈！你知道什麼是空間嗎，定義空間給我聽聽。」

「大人，將長與寬無限延伸，即是空間。」

「看吧，你根本不知道什麼是空間。你認為它只有兩個維度。我來這兒，是為了告訴您第三個維度的存在——長、寬、高。」

「大人，您一定是在說笑。我們也會說長度跟高度，或者寬度跟厚度，總共可以用四種名詞來描述兩個維度。」

「但我不是指三種名詞，我指的確實是三個維度。」

「大人，可以勞煩您指出來，或是解釋得更清楚，這個我所不知道的第三個維度，是哪個方向呢？」

「就是我來的那個方向，往上與往下。」

「大人，在我的理解，您指的是南方和北方？」

「我不是那個意思，我是指一個你看不見的方向，你看不見，因為你的『邊』（side）沒有眼睛。」

「抱歉大人，但您可以稍微仔細看看我，我的眼睛恰好落在我的兩條邊交會之上，就是那個發光的亮點。」

「是，但為了要能看到空間，你不僅要在由邊構成的周長上有眼睛，你還得在『面』（side）上也得有雙眼睛，意思是，在你們稱之為『內部』的地方有眼睛。但你們的內部，在我們的立體國之中，稱之為『面』（side）。」

「我的內部，我的腸胃裡有眼睛？大人您真愛說笑。」

「我不是在跟你開玩笑。我是在告訴你，我從空間……算了，既然你對空間毫無概念，我從三個維度的世界來的。在那裡，我可以清楚地由上往下俯視諸位的『空間』，但其實只是平面。從真正的空間中望去，你們四周都封閉的物體（你們稱它為『實體（solid）』），好比房子、教堂、諸位最嚴密的金櫃與保險箱、沒錯，甚至你們各位的內臟，都一覽無遺地展露在我的視線之內。」

「誰都可以這樣說，大人。」

「你的意思是口說無憑對吧。我將證明給你看。當我下降時，我看見你那四位正五邊形的兒子，每個人都在自己的房間裡。你有兩位正六邊形孫子，我看見最年輕的正六邊形跟你待在一起一會兒，才回到自己的房間，留下你與你的太太獨處。我看見你的等腰三角形僕役，其中三個在廚房吃晚餐，另一個小男孩在洗碗筷，然後我走進了你的房子，不然你認為我是怎麼來的？」

「我猜您是從屋頂上進來的。」

「不，你很清楚你的屋頂最近才翻修過，那裡連一道能讓女性鑽進來的小孔都沒有。告訴你吧，我是從『空間』來的。在我跟你提過你的孫子，還有這屋子裡的一切之後，你還不相信我所說的話嗎？」

「大人，您必然很清楚，住在我附近的人只要像您一樣，懂得利用尊貴身分去蒐集資訊，都可以輕鬆地知道卑微的我的一切。」

我聽見陌生人自言自語地著：「我該怎麼做？」過了一會兒，他說，「好吧，我還有一種解釋方法。當你看到直線，好比你的太太，你覺得她有幾個維度呢？」

「大人，您這樣說太瞧不起我，太低估我對數學的理解了。假設女性是一條直線，那麼那她就只有一個維度？錯了，當然不是這樣的。我們正方形也受過良好教育，能像大人您一樣，充分理解到就算是被稱之為直線，但不論是現實或科學上，一條直線其實可以被看做一片極度扁平的平行四邊形，因此她是二維的，就像我們其他人一樣，有長度跟寬度（或厚度）。所以事實上，一條線之所以可以被看見，是因為它存在了直線以外的另一個維度。如同我方才陳述的，女性同時擁有寬度跟長度。我們看得到她的長度，因故我們推論出她擁有寬度，儘管它小到無法測量。」

「你不了解我所說的。我是指，當你看到女性，你除了看見她的長度，推論她擁有寬度外，你應該還會看見她擁有我們所說的『高度』，儘管最後這個緯度，在你們的平面國裡屬於無限小。但如果一條線只有長度而沒有高度，她便不會佔據任何空間（space），會再也看不見。你確定你能理解我在說什麼嗎？」

「我得坦承我搞迷糊了。我一點也無法掌握到您想表達的意思。當我們在平面國裡看見一條直線，我們看見他的長度和亮度。如果亮度消失，表示這條直線不存在。也就是您所說的，不存在於空間之中。所以，難道您是賦予了明暗一個維度，將我們稱之為『亮度』的事物命名為『高度』嗎？」

「不不不，當我說高度時，我是真的是在講一個維度，如同你們所說的長度。只是你們很難察覺高度的存在，因為你們都太『矮』了。」

「大人，您所說的很容易被檢驗。您說我有第三個維度，稱之為高度。現在，維度表示有『方向』和『可以被測量』。但該如何測量我的高度，或不需要這麼麻煩，您僅需指出我的高度是沿著哪個方向伸展，我就是您論點的忠誠信徒。不然，大人，我懇請您寬恕我無法相信您說的話。」

我又聽見陌生人自言自語，他喃喃地說：「這我也做不到啊。我該怎麼讓他相信呢？好吧，看來先說一些簡單的概念，再來，唯有眼見為憑，才能讓他接受我所說的。」

他轉向我說道：「現在，先生，請聽我說。你活在一個平面上，你們的平面國就好像我們稱為液體的存在，是一片遼闊的平面。你們在那裡面，或者說，在那之上生活、移動，但從來不會懸浮在平面之上，或下沉到平面之下。我不是一個扁平的形狀，我是一個立體。你稱呼我為圓形，但事實上我不是圓形，我是無限多個大小不同的圓形組合而成。從最小的一個點，到最大直徑十三英吋的圓，一個疊在一個之上。當我像現在這樣，身體的一部分切過你們的平面國時，我在平面國上展現出來的形狀，就是一個完美的圓形。我真正的名字是『球體』，一個球體要出現在平面國的國民面前，他一定得以圓形的姿態出現。

你難道忘了？身為全知者，我看見你昨天晚上在大腦中創立了一個幻想的直線國。在那裡，因為直線國的維度不足以展現你的全部，身為正方形的你被迫切出一個片段，只能以線段的方式呈現在國王面前。同樣的道理，你的國家只有兩個維度，不足以展現三個緯度的我的全貌，因此我只能用自己的一部分出現你的面前，亦即你稱之為圓形的一個平面。

你黯淡的眼神透露出你並不相信我所說的話。但請你準備好接受我即將提出的證明。因為你無法將你的視線拉離平面國，你每次只能看到我的某一片切面。但當我從空間中升起時，你至少可以看到我的切面越來越小。現在，我將升起，你會看見我的圓形越來越小，越來越小，直到成為一個點，然後消失。」

的確，我看不見什麼「升起」。但他逐漸變小，最後真的消失了。我眨眨眼，確定自己不是在作夢。這不是夢。從不知道那裡，彷彿是我心裡，傳來一陣虛無的聲音：「我完全消失了嗎？你現在相信我了嗎？好吧，那現在我要慢慢回到平面國，你應該會看到我越來越大。」

立體國的諸君必然可以輕易地理解，我的陌生訪客所說的是再直覺不過的事實。但以一個平面國的人來說，儘管我熟知平面國的數學，依然不好理解。上面的簡圖可以讓立體國的小孩清楚了解，當一個球體在三維空間上升時，他必然會在平面國國民（也就是我）的面前以圓形的姿態呈現。起先是一個大圓，然後變小，最後小到趨近於一個點。可是，儘管我看到這樣的現象，我還是不知道這背後的原因是什麼。我只知道，這個圓

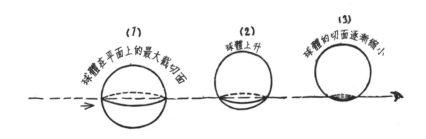

形讓自己越來越小，最後消失，然後現在又重新出現，並且讓自己越來越大。

當他回到原來的大小時，他重重地嘆了一口氣，因為我默不作聲，透露出我完全無法理解他的行為與論點。的確，我現在傾向於認定他不是圓形，只是一個非常聰明的騙子，或是那些流傳在老太太們之間的傳說是真的，想不到這世界上真的有魔法師跟魔術師。

一陣長長的沉默後，他喃喃自語：「如果我不採取別的行動，那我還有一個方法，就是用譬喻。」又過了一陣更長的沉默，他繼續我們之間的對話，說道：「告訴我，數學先生。如果一個亮點往北移動，光芒留下的軌跡，你將稱它為什麼呢？」

「一條直線。」

「一條直線有幾個端點？」

「兩個。」

「現在，想像一條南北向的直線，與自己的方向平行，沿著東西向移動，直線上每個點留下的軌跡都會形成另一條直線。我們假設移動的距離跟線段的長度一樣，這軌跡形成的形狀，你會稱之為什麼？」

「正方形。」

「正方形有幾條邊，有幾個角？」

「四條邊和四個角。」

「現在試著稍微發揮你的想像力，想像平面國裡的一個正方形，以沿著平行他的方向往上移動。」

「什麼？往北移嗎？」

「不，不是往北，是往上。離開平面國。如果是往北移，那南邊的點將會移動到之前被它們北邊的點所佔據的位置。這不是我所要的。我指的是，你身體裡的每一個點，剛好為你是一個正方形，符合我舉例中的對象。您身體裡的每個點，包括你稱之為『內部』的每個點，都將在空間中往上移動，如此一來，不會有任何一個點被移動到先前有別的點佔據過的位置。一個點的軌跡，將成為一條新的直線。這才是我所想要說的類比。我想你應該已經搞清楚了吧。」

我努力壓抑心中的不耐煩，我現在真的非常想衝到這位訪客面前，將他扔到他不知所謂的「空間」中，或扔出平面國，扔到任何地方，只要別讓我再看到他就好了。我回答道：「如果我照您所說的，藉由您定義的『向上』塑造出一個形狀。那麼，這個形狀又有怎樣的特性呢？我想平面國的語言應該足以描述它吧？」

「噢，當然囉。這非常簡單，而且完全符合類比。順道一提，你不應該說『形體』（Figure），而是該說『立體』（Solid）。讓我來好好跟你解釋，不，與其說由我，應該是由類比來好好跟你解釋。

我們從一個點開始。當然，一個點本身就是一個點。一個點可以形成有兩個端點的直線。一條直線可以形成有四個端點的正方形。現在你可以回答自己的問題了：一、二、四，這很明顯是等比數列，下一個數字是？」

「八。」

「完全正確，一個正方形會創造出一個你不知道名字，但我們稱之為立方體的物體。他恰好有八個端點。現在你相信了嗎？」

「那這個被創造出來的東西，他有邊嗎？有角嗎？或是擁有您所說的端點嗎？」

「當然，這依舊可以透過類比來解釋。但順道一提，你所謂的邊（side）跟我們所說的面（side）是不一樣的，用你們的說法，我們的面即是你們的『實體（solid）』。」

「那這個藉由將我的內部往上移動所形成的東西，您所說的立方體，到底有幾個實體，或有幾個邊呢？」

「你既然宣稱自己是數學家，怎麼還會問出這種問題！要是讓我來定義的話，任何事物的『邊』，就是比事物本身維度少一的屬性。從這個定義來看，點沒有維度，所以點沒有『邊』，一條線，要是依照我的定義，就是有兩個『邊』。換句話說，我們把直線的兩個端點稱為兩個『邊』。一個正方形有四個『邊』。零、二、四，這是怎樣的數列？」

「等差數列。」

「這個等差數列的下一個數字是？」

「六。」

「完全正確！瞧，你這不就回答自己的問題了嘛。你所產生的立方體會有六個『邊』，每個『邊』都是像您的內部一樣的存在。您已經完全了解了！」

「怪物！」我大叫道，「您是騙子，是魔法師，是惡魔，或根本是一場夢境。我不會再忍受您的嘲弄了。我們兩個之一，一定得有一方要消失在這裡。」

我一邊嘶聲大吼，一邊猛撲向他。

第十七章　說破嘴也沒用的球體決定採取行動

全部都是徒然。我頂著尖硬的直角衝向陌生人，以一股足以破壞一般圓形的毀滅性力量往他身上碰撞。但我感到他緩緩滑開，使我完全無法刺中他。他不是往左或往右移動，而是離開這個世界，消失在虛無中。瞬間，眼前的一切都不見了，但我依然聽得見他的聲音。

「你為什麼要拒絕接受真理？我滿懷希望地找上了你——你有理解力，又具備數學知識——我每一千年才能過來一次，傳授三維空間的真理。你是最適合的傳道者了。但我現在沒有頭緒，不知道該如何說服你。等等，我想到方法了！比起一直說，或許行動更有說服力。聽著，我的朋友。

我已經告訴過你，從我在立體國的位置，我可以看見一切你們認為密封的事物的內部。你站的地方附近那邊有個櫃子對吧，那裡有幾個你稱之為『箱子』的東西（但就像一切平面國的事物，這些箱子並沒有底座跟蓋子），箱子裡塞滿了錢。我還看見兩本記帳本，我現在要潛入那個櫃子裡，拿走一本記帳本。我看到你半小時前才鎖上櫃子，你隨身攜帶著鑰匙。現在我要潛入櫃子，拿走記帳本，現在我拿到了，我上升了。」

我衝向櫃子，很快地打開門，一本記帳本不見了。此時，房間的另一側發出了陌生人嘲弄的笑聲，他現身彼處，同時，一本記帳本擱在他前方。我走過去撿起來，沒錯，那是從櫃子裡消失的那本記帳本。

我驚恐地哀嚎一聲，逐漸懷疑自己是否已經失去判斷能力。但這位陌生人繼續說道：「我想，你現在應該相信了，只有我所說的是真實的，眼前這一切才合理。你們稱之為『實體』的事物其實僅有表面，你們稱之為『空間』的，其實只是一塊巨大的平面。而我才是處在真正的『空間』裡，當我往下望去，我可以看見事物的內部，而你們僅能看見外在的軀殼。只要你能打從心裡相信，產生一點兒信念，也可以靠自己的力量離開平面，僅僅需要往上或往下離開平面一點點，你就能看見我所看到的一切。

我攀升得越高，離開你們的平面越遠，便可以看見越多東西，儘管每樣東西都變小了。好比說，我現在正在上升，現在，我可以看見你的正六邊形鄰居和他的家人，他們正在不同的房間裡。我可以看見戲院內部，十扇門都開著，觀眾正在離席。另一側，有一位圓形正在讀書。現在，我將要回到你的身邊了。唔，我剛剛想到一個最強而有力的證明。不如這樣，我去摸一下你的胃，只是輕輕碰一下而已，你覺得如何？這不會造成什麼致命的傷害，你所承受的痛楚，與心智上受到的啟蒙比起來，根本微不足道。」

在我還來不及提出抗議之前，我感受到身體內部一陣劇痛，伴隨著痛楚，一陣有如惡魔般的笑聲從我身體深處傳來。過了一會，劇烈的疼痛稍微止歇，只剩酸疼的殘餘感受。陌生人重新出現，他的身形越來越大，說道：「我沒有讓你太疼吧，我有嗎？如果你到現在依然不相信我，我真的也不知道該如何啟蒙你了。你怎麼說？」

我下定決心了，我無法再忍受這位魔術師的存在，他隨意造訪我家，他能對人的腸胃施魔法。不論如何，我得想辦法把他釘在牆上，直到有人伸出援手。

頂著直角，我又一次衝撞他，同時發出大吼，試圖喚醒整屋子的人來幫助我。我相信，這次攻擊時，陌生人已經先一步沉到平面國的下方，而因為我的攻擊，擋住了他上浮。不管是不是這樣，至少他一動也不動。此刻，一如預料地，我聽見救援的聲音傳來，這使我感到振奮，我使出雙倍的力量壓制住他，同時持續呼喊人來幫忙。

忽然，我感受到從球體身上傳來了一陣顫慄。「不能這樣。」我想我聽見他在自言自語，「要嘛他得被啟蒙，不然就是我得尋求最後的手段，帶他到立體國。」接著，他提高音量，急促地對我說：「聽著，不能有第三者看見你此刻看見的一切。趁你太太尚未進來之前，請盡快讓她離開。傳遞三維空間真理的這件任務不能就這樣以失敗告終，等了一千年才出現的寶貴機會不能就這樣白白浪費掉。我聽到她已經越來越近了，回去！回去！離我遠一點！或是你必須跟我走，我要帶你進入你所不知道的三維空間世界！」

「蠢蛋！瘋子！不規則形狀！」我大吼，「我永遠不會放開您的，您該為自己做出的欺騙行為受到懲罰。」

「哈，是這樣說的嗎？！」陌生人大喊，「那麼，迎接你的命運吧，你將離開你的平面了，一、二、三，我們離開了！」

第十八章　我如何抵達立體國及我在那裡所見的一切

無可言喻的恐慌有如電流般流竄我的全身。前方是一整片的黑暗，我頭暈目眩，眼前的景象乃是我畢生從未見過的，讓我陣陣作嘔。我看見，直線不再是直線，空間不再是空間，我則不再是我自己。當我總算找回自己的聲音時，我恐懼地大吼：「要嘛我瘋了，要嘛這兒就是地獄。」

「兩者皆非。」球體淡淡地回應我，「這是知識，這裡是三度空間，再次睜開你的眼睛，試著仔細看看這一切吧。」

我睜開眼睛，啊！一座全新的世界！我曾根據觸覺辨任和視覺辨認推論圓形的形狀，但如今呈現在我面前的，正是我想像中的一片完美的圓形。我終於能以雙眼見證這一切了。然而，在陌生人對我展開的圓形形狀裡，我找不到心臟、肺、或是動脈。只是一片協調的「某種東西」，我說不出來那是什麼，但諸位，我立體國的讀者們，您知道那是球體的球面。

此刻，我全心全意地信服這位帶領我遨遊立體國的領路人。我哭著說：「您是那麼地至高無上，象徵著愛與智慧，領我看見了您的內部，然而，愚昧的我卻依然看不見您的心臟、肺、動脈與肝臟。」

「你以為你看見的是什麼了？你看到的不是我的內部。」球體回答，「任何人都無法看見我的內部，跟平面國的國民相比，我是不同層次的存在。如果我是一個圓形，那你就可以看見我的腸子。但就像我先前向你講過的，我是一個物體，是由許多圓形構成的。在這個國家裡，許多圓形構成的物體稱之為球體。如同立方體的每一面是個正方形。從每一面看球體，都會是一個圓形。」

此刻，我已視球體有如我的心靈導師，儘管我完全無法理解他說的話，連問都不知道該從何問起。但我不再被他的話以及自己的無知激怒。相反地，我靜靜地不發一語，以表示我對他的尊敬。

「要是你無法第一眼就理解立體國的奧秘，也沒關係，不用因此沮喪。慢慢地，一切道理都會自動浮現出來的。讓我們先回頭看看你來自的國家吧。和我一起轉身，我會展現給你看那些你在平面國時常推論、思考，但從未親眼目睹的——看得見的角。」

「這是不可能的！」我大喊，但球體沒有理會我，他繼續往前行進，我跟在他後頭，宛如身處夢境，直到他的聲音再度將我喚醒：「瞧那邊，你可以看見你的正五邊形房子，以及所有與你住在一起的人。」

我往下瞧，我家裡的每個人、每件事物，以往我只能透過推測獲得的畫面，此刻全都盡收眼底。與親眼看到的景象比起來，我所推測與想像的景色是那麼地灰暗與拙劣。我的四個兒子在西北側的房間裡安詳地睡著；兩個孫子則是在南側的房間；我的僕人、管家與我的女兒，都待在各自的房間裡。只有那掛念我的太太焦慮不已，在大廳裡來回踱步，尋找我的身影。另一位小僕人被我的呼喊聲吵醒，離開了他的房間。他假裝在幫忙看我是否昏倒在哪裡，實際則在我房間裡翻箱倒櫃，偷看我書房裡的東西。如今，這一切我不需推測便都能看見。當我離平面國越來越近時，我能辨認出的物體就越精細，就連櫃子裡的物體，兩個金櫃，還有球體方才拿出來的記帳本，都看得一清二楚。

我被我太太的真情流露深深地感動了，我有股衝動，想就這麼衝回平面國，回到她身邊安撫她，但我卻發現我無法自由地活動。

「先別花時間去照顧你太太了。」我的立體國導遊這麼說，「她不會焦慮太久的，在此時，先讓我們透過俯瞰，好好瀏覽一

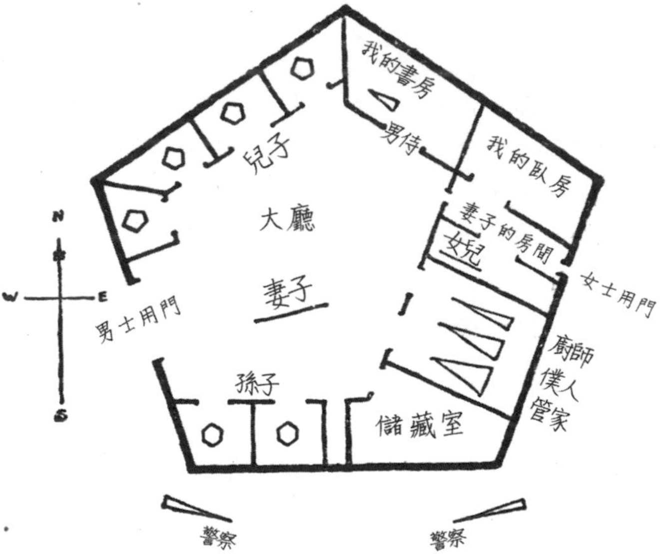

下平面國吧。」

再一次，我感覺到自己在空間中緩緩上升。如同球體所說，當距離想看的景物越遠，便越能看見它的全貌。此刻，故鄉的每一間房子，每一個人，每一隻家禽、動物，都以比平常更小的比例，展現在我面前。當我們向上升得更高時，我們可以看得見深處的礦脈，藏在山裡的洞穴，整片地表的祕密都被隨之揭開，再也沒有事物可藏匿自身。

我這雙卑微的眼睛，竟然能夠看見如此偉大的景象，我對此充滿了敬畏之意。我向陪伴在我身邊的球體說道：「看到這些，讓我覺得自己彷彿成為了神。我們平面國裡最聰明的人說過，唯有神，才能擁有看見一切的全知之眼。」

聽到這些話，我的老師卻以藐視的語氣回答道：「真的是這樣嗎？用這道理來說，我們立體國裡的小偷跟殺人犯也都會被你們國家的聰明人侍奉為神祇了。他們每一個人能看到的，可不比你此刻看到的要少。相信我，你們平面國的聰明人全都錯了。」

「您的意思是，難道就算不是神也能擁有全知之眼？」

「我不知道，但如果我們立體國的小偷跟殺人犯都可以看見你們平面國的一切。小偷跟殺人犯沒有理由被視為神吧。這麼一來，你們所說的全知之眼——這詞兒在立體國裡可不常見，擁有全知之眼的人難道就更有正義感、更仁慈、更不自私、更有愛心？我看一點也不。既然這樣，它怎麼又能算得上是神聖的象徵？」

「更仁慈、更有愛心！這是女性的特質！我們知道圓形比直線更高貴，既然前者代表的是智慧，因此我們普遍認為比起僅具備感性，具備理性是更值得尊敬的。」

「我不會用優缺點去區分人們的。在立體國裡，有許多最優秀、最聰明的人，認為感性比理性重要，他們認為你們輕視的直線比你們敬佩的圓形更值得認同。算了，再說下去也沒多大意思。還是瞧瞧那邊吧，您知道那棟建築物是什麼嗎？」

我望過去。遠遠地，我看見一座巨大的多邊形建築物，我認出那是平面國的議會大廈，大廈外圍是一塊正方形的街區，再往外，是許多正五邊形建築物，從空中看下去，建築物形成的直線密密麻麻，彼此交錯。我意識到，我們即將抵達平面國的大都會了。此時，我的領路人說：「我們在這裡下降。」

現在是清晨，我們紀元裡二〇〇〇年第一天的第一個小時。按照傳統，全國最高貴的圓形領導人們將舉行一場嚴肅的祕密會議。他們在紀元一〇〇〇年第一天的第一個小時舉辦過一次，紀元〇年第一天的第一個小時也曾舉辦過。

我一眼就認出我哥，身為一個完美對稱的正方形，他是高等議會的首席書記。此刻，他正在報告一、兩千年前會議所留下的紀錄：

平面國國度，曾被懷著各式各樣惡意的人騷擾，他們假裝獲得了另一個世界的啟蒙，宣稱自己可以展現這些啟蒙神蹟，這些人的異常行為讓社會動盪不安。於是，高等議會決議通過，在千禧年的第一天，發函要求平面國各區首長，務必嚴格搜查，逮捕這些行為偏差的人。對付這些人不需要正式的數學檢查：等腰三角形立刻處死；正三角形處以鞭刑、終身監禁；正方形或正五邊形送至精神院；假如逮捕的對象是高階正多邊形，則送至首都交由議會處理。

「你聽到你的命運了嗎？」球體對我說。此時，議會正在通過這份第三次修改的決策。球體繼續說：「等待在三度空間傳道士眼前的，只有死刑或終身監禁。」

「我覺得並不盡然。」我回答，「對我來說，這還是未知之數。真正的空間其實相當顯而易見，我想就連孩童，我甚至可以都能讓他們理解，請允許我現在下降到平面國啟蒙這些群眾。」

「時機未到。」我的領路人說道，「會有那一天到來的。此時，我要先執行我的任務。請你待在原地不要動。」

一邊說著這些話的同時，球體一邊靈巧地跳進了平面國的大海（如果可以這麼說的話），落在議員圍成的圈圈之中。他對諸位議員們說：「諸位，我來向各位宣告三維世界的存在了。」

我看見球體顯現在平面國的那片圓形，此刻變得越來越大。許多年輕的議員向後退去，臉上滿是驚恐，唯有首席圓形的臉上看不出任何一絲驚訝或警戒，他立即發出指示——六位低階的等腰三角形分別從六個角落竄出，衝向球體。

「我們逮住他了！」他們大吼，「噢不……對，我們依然抓住他！等等，他在消失，他消失了！」

首席圓形緩緩地向年輕議員們說道：「各位，完全不用慌張。根據主席才能調閱的機密文件裡所記載的，這位陌生人早在先前的千禧會議中已經現身過了。而諸位離開了議事廳後，自然不會對任何人提起這件微不足道的小事，對吧？」

他轉身，提高音量呼喚侍衛們前來，指了指這些參與捕捉球體的警察，他的一句話，決定了他們的命運：「逮捕這些警察，別讓他們走漏一點風聲。你們知道該怎麼做的。」

這些可憐的人們，無意間目睹了整個政府努力隱瞞的祕密，又為了不讓祕密外洩，最後便淪落到這樣的下場。首席圓形接著又向議員們說：「各位，會議到此結束，我謹祝諸位新年快樂。」

離開前，首席圓形對我不幸的哥哥說了許多話。他對優秀的首席書記表示最真誠的歉意，出於害怕機密洩漏，他只得依照前例辦理，判他終身監禁。但他至少可以慶幸，假如他老老實實地不把今天發生的事件透露給第三者，他的性命便得以保全。

第十九章　儘管球體向我揭示了立體國的謎團，我依舊渴望知道得更多，然後……

當我看到我那可憐的哥哥被處以徒刑時，我試圖跳進議事廳，渴望替他說情，或者至少好好地向他道別。但我卻發現自己動彈不得。我的一舉一動，完全取決於球體的意志，他微微憂傷地說道：「不要將注意力放在你哥哥身上了。或許你將來會有相當充裕的時間來安慰他。跟我來。」

我們再一次升入空間。「直到現在，我只讓你看到了平面圖形以及他們的內部。現在我要向你介紹立體，並且向你展現他們是如何由平面組成。看看這一大堆可以移來移去的正方形卡片。我現在把他們一個接一個排好，就像你所想像的一樣，平面並不是往北或往南排的，而是往上排在上面。再排上第二個、接第三個，繼續下去……看，我將好幾個正方型卡片以兩兩平行的方式排好，形成了一個立體。它的高度與寬度與長度都是相同的，我們將它稱為立方體。」

「抱歉，大人。」我說，「但我看到的是一個不規則的平面形狀，而且，我可以看見他的內部，換句話說，我沒看見立體，而只看見一個在平面國隨處可見的平面，一個看起來將來鐵定會犯下嚴重罪刑的不規則形狀，光是看著它就

(1)

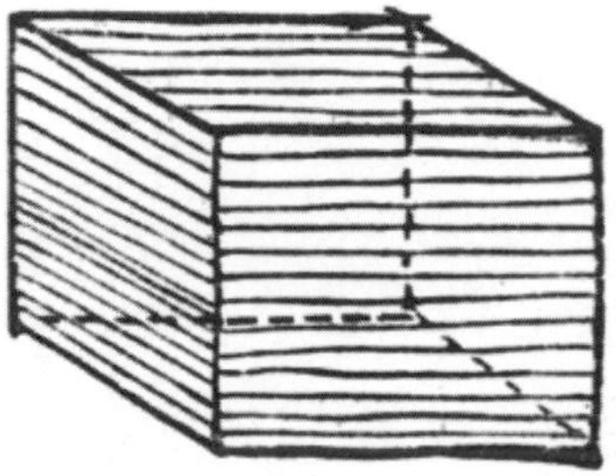

(2)

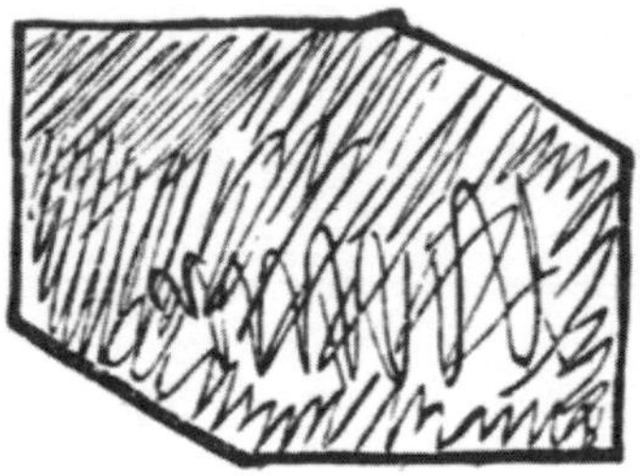

讓我感到渾身不自在。」

「是啊，對你來說這的確是個平面，因為你還無法適應透視學裡的光影變化。好比說，對於平面國裡沒受過視覺辨認的國民來說，正六邊形看起來就像一條直線。事實上，你眼前所見之物確實是一個立體，你應該用觸覺辨認去感受看看。」

他介紹我認識立方體之後，便讓我用觸覺辨認技術，感受這個神奇的生物。的確，它不是平面而是立體。它擁有六個平面，和八個稱為角的端點。我記得球體曾說過，這樣的生物可以藉由在空間中平行移動一片正方形來形成。所以，某種程度上來說，我可以算得上是這個生物的原型，一想到我居然能生產出這麼了不起的後代，我就感到無比的喜悅。

但我還是無法完全理解球體所說的「光」、「影」、「透視學」，我毫不遲疑地告訴了他我的難題。

我若在此重複球體對這些事物的解釋，對早已知道這些事物的立體國國民們來說，可能會太過於繁瑣無趣，儘管他當時講得非常簡潔清晰。容我僅簡單地提及結論，透過他清楚的解釋，並實際地讓物體變化位置，變換光線，讓我透過觸覺來辨認好幾個物體，甚至包括神聖的他本人。他終於讓我了解了這一切，現在，我可以辨認球形和球體，平面和立體了。

對我來說，這簡直就像天堂或高潮一般。往後，我得對諸位交代我悲哀的餘生——這最悲慘、最冤屈的生活——為什麼渴望知識的人會落得失望，甚至被懲罰呢？每當回憶起我所遭受到的羞辱以及那些痛苦的時刻，我的意志力便隨之枯萎凋謝。然而，我自詡為第二位普羅米斯修斯，並願意忍受這些懲罰，甚至面對更糟糕的未來，只因我試圖喚醒潛藏在每一個平面和立體生命之中的人性，以人性去對抗那些故步自封，將我們限制於二維或三維世界的驕傲與自滿的大敵。既然我做了，我就不會顧慮自身的安危，而是一路堅持到底。我不曾多作思考，也不去預設達成何種目標，一心追求正確的歷史定位——真相此刻在我腦海裡熊熊燃燒——不添加任何一絲潤飾，我將予以完整的陳述，然後，由諸位讀者為我和我的命運下定評斷。

回到此時此刻，球體樂於繼續對我灌輸知識，他打算告訴我所有規則立體的構造：圓柱、圓錐、三角錐、五面體、六面體、十二面體以及球體。我並非對這些知識感到厭煩，相反地，我渴望知道更多，更多，遠多於球體打算教導我的。因此，我忍不住打斷他：「不好意思。」我說，「但您是否可以滿足您的僕人一個小小的願望？儘管我已經知道您不是完美無瑕的，但，能請您讓我看看您的內部嗎？」

「我的什麼？」

「內部，您的腸胃。」

「您怎麼會做出這麼唐突無理的要求。而且，您憑什麼認定我不完美？」

「大人，您的智慧啟蒙了我，讓我去追求比您更偉大、更美麗、更接近完美的事物。您，結合了許多圓形的一個球體，因此也比平面國的一切形狀都要優秀。所以，我認為，一定有另一個在您之上、結合了許多球體的優異存在。他甚至勝過所有立體國的立體。另外，即便是區區在下，只要身處立體國之中，就可以看見平面國所有事物的內部。我相信，必然有一個地方更高於我們此刻所處的地方，一個更純粹美好的地方，我想，您一定想帶我去那邊瞧瞧吧。

不論身在何處，不論身在哪種維度的國家，我一律尊稱您為我的牧師、我的哲學導師、我的朋友。我們是否要去那更廣大的空間，有著更多維度的世界。我從平面國裡被放逐出來後，經歷四處遊蕩，已經蒙受您許多的恩惠了。但在那樣的地方，我們更可以一起往下俯視，看透立體的內部，看見您和其他球體的腸子！」

「呸，廢話！我受夠這些無聊的小事了。在你有能力勝任傳教士的身分、將三維空間的信念傳遞給平面國那群無知的國民之前，我們還有很多得做的事情，但時間已經不多了。」

「不，親愛高貴的導師，請不要拒絕我您能夠做到的事，我知道您可以的。請讓我看一眼您的內部就好，這樣我就滿足了。之後我就是您聽話的學生，永遠的僕人，隨時準備好接受您所有的教育，傾聽您說的每一句話。」

「好吧，為了讓你滿足地閉上嘴，我只說一次。我願意展現給你看任何你想要的，但我辦不到。你要逼我將自己內外翻轉，把腸胃露出來給你看嗎？」

「您只藉著帶我到三維空間，就讓我看到所有平面國國民的腸子了。因此，帶著您的僕人展開另一趟旅程，去到有著四個維度的國家，在那裡，我可以由上往下看見三維空間，看見所有三維空間建築的內部，立體地球的祕密，立體國的金礦寶藏，還包括了最偉大的球體，每條固體生命的腸子。這樣子做不是更簡單嗎？」

「但，哪裡來有著四個維度的國家？」

「我不知道，但毫無疑問地，我的老師，您必定知道。」

「我也不知道。可能沒有那樣的國家吧。這真是個不可思議的想法。」

「並非不可思議，我的主人。如果對我來說不是不可思議的，對您來說就更加不是了。不，我沒有失去信心。儘管在三維世界，我相信您可以帶我到四維世界。就如同在二維世界裡您啟蒙了我，為您目盲的僕人打開了雙眼，看見原本看不見的三維世界，儘管我一開始時依然看不見。

「請容我回溯那段尚未被您啟蒙的過去。當時，我看得到直線，並且可以推測出平面。但事實上，我還看得見第三個維度，只是我辨認不出來那是第三個維度，它不是亮度，而是我們現在稱作的『高度』對嗎？由此可知，在這個區域，當我看到一個平面並推測出一個立體，我其實看得見第四個維度，它不是彩度，但它的確存在，只是小到我們無法測量，這樣的推論正確嗎？

「除此之外，我們還可以透過類比的方法，可以用來解釋更高維度空間的存在。」

「類比！廢話連篇，怎麼類比？」

「大人，您應該是試著想了解我從您身上學到了多少吧。請別嘲笑我，但我真的渴望得到更多知識。毫無疑問地，因為我們的胃裡沒長眼睛，無法看到比立體國更高維度的國家。但，如同儘管平面國是真實的存在，但那位可憐渺小、連左右轉頭都辦不到的直線國國王，卻完全看不見平面國。就像您出現之前，儘管立體國近在咫尺，我卻因為體內沒有眼睛，而彷彿瞎子般的完全感受不到立體國的存在，也沒有能力去碰觸它。以此類推，四維世界必然是存在的，您可以透過體內之眼看見它。這些都是您教導我的，難道您全忘了嗎？

在一維的世界裡，一個移動的點可以創造一條有兩個端點的直線，難道不是這樣嗎？

在二維的世界裡，一條移動的線可以創造一片有四個端點的正方形，難道不是這樣嗎？

在三維的世界裡，一片移動的正方形可以創造一塊有八個端點的立方體，就是我方才看到的那些神聖的存在，難道不是這樣嗎？

而在這四個維度已然固定的世界裡，一個立方體的移動——唉，是的，我只能類推，或許事實不是這樣子的，但願我沒推理錯誤——一個神聖立方體的一次移動，可以創造出另一個更神聖的物體，而它將擁有十六個端點的結構？

看看這完美的數列組成：二、四、八、十六，這不正是等比數列嗎？請容我引用您說過的話：『這正是完美的類推結果啊。』

再一次地，您曾經教導過我，一條線有兩個點，一個正方形周圍有四條線，所以，一個立方體外面有著六片正方形，看，這又一次組成了完美的等差數列：二、四、六。難道我們不能由此確定，一個神聖的立方體在四個維度的世界裡移動，可以創造出一個更神聖的物體，然後周圍由八個立方體所組成？這豈不是您所教我的『完美的類比結果』嗎？

噢，大人，我僅僅是相信這樣的假設，但我不知道事實如何。我希望您能夠為我確認我的邏輯推理正確，或徹底地否定它。我願意接受錯誤，並從此不再提起四維世界，但要是我推論對了，大人您也會認同我的邏輯吧。

是故，我斗膽請教您一件事，從古迄今，立體國的國民是否目睹過更高次元的生命降臨到立體國呢？如同您來到我家一樣，他們不需要打開門窗即能進入緊閉的房間，來去自如，有過這樣的情況嗎？我願意押上一切，賭這答案是肯定的。如果我錯了，我將再也什麼都不說了。而此刻我只請求您回答我。」

沉默在我們之間蔓延，過了一會兒，球體說道：「曾經有過這樣的報導沒錯，但人們對這件事各自有著不同的看法。就算承認這是事實，依然存在各式各樣的解釋。然而，在各式各樣的解釋之中，沒有一個曾採用『第四維度』這套理論。所以……請你不要繼續在這些瑣事上浪費時間了，專心理解更多立體國的知識吧。」

「我就知道，我就知道我的類推是正確的！現在，我最棒的老師，請您再多施捨我一些耐心，再回答我一個問題。那些曾經出現在立體國裡的更高次元的生命體，沒有人知道他們從何處來，也沒有人知道他們離開時去了哪裡。當他們消失在更寬廣的世界時，他們的體型是否曾經收縮變化？我懇求您對我說說。」

球體不悅地回答：「如果他們出現過，當然他們也消失過。但你不了解，許多的人們所看到的都僅僅是幻覺罷了，他們看到的東西只存在於他們的腦海裡，這群人之中，還有些人自稱為先知呢。」

「他們真的這樣說嗎？噢，那就別信他們了……等等，但會不會有可能真的有一個國度，稱之為『幻想國』。在那裡我們可以憑藉著想像，看見所有立體的內部。如果有的話，請您帶我去好嗎？我猜想，假如我們到了那裡，我就可以大飽眼福，看見一個立方體以一個全新的方向移動，他身上每個點所經過的位置，都不會與其他點所經過的位置重疊，這麼一來，他將創造出一個比他自己更完美的極致完美存在，擁有十六個超越立體的角，與圍繞四周的八個立方體。而且，既然都來到這裡了，我們可以再往上升嗎？受到神聖眷顧的四維世界，應該就在五維世界的旁邊，我們能過去看看嗎？然後，我們可以試著徹底發揮智力，敲開六維世界的大門，接下來是第七維度、第八維度……」

我不知道我應該還要再說多久才能說服球體，但我終究失敗了。他朝我大吼大叫，不斷喝斥著要我閉上嘴，並舉出最嚴苛的懲罰來威脅我。但此刻沒有什麼能夠阻擋我對知識的渴望。或許我真的該被斥罵，但我已然徹底陶醉在新獲得的真理之中，而這些真理還是他告訴我的。

然而，結局就這麼來臨了。一股力道突如其來地撞擊了我的全身，將我以飛快的速度推出立體空間。我話說到一半便硬生生地中斷了，再也說不出話來。下降！下降！下降！我急速地下墜，我知道我註定得回到平面國了。而我眼前看見的最後一幅畫面，是一片廣大、荒涼的平原，這絕對是我畢生難忘的景象。

現在，我又回到這片平原了，這就是我原本生活的空間，剛才看到的景象，如今延展開來，成為一條直線，再也看不見它原來的樣貌。接著，我陷入一片漆黑之中。之後，不知道隔了多久，彷彿被一聲巨大的雷鳴喚醒，我又是一片再平凡不過，只能匍匐爬行的正方形了，我在我的書房裡，我太太那提醒他人注意自己存在的聲響，伴隨著逐漸靠近的腳步聲，傳進了我的耳中。

第二十章　球體如何在夢裡鼓勵我

回到現實之後，儘管只花了不到一分鐘的時間去思考方才發生的一切，但直覺告訴我，我不能將這一切告訴我的太太。我的分析是，我並非擔心她可能會洩露祕密，進而讓我陷入危險，我只是單純地明白，平面國的女人們是不可能理解這段奇妙旅程的。於是，我嘗試編了一些故事，我說自己不小心掉進了地窖裡，在那兒昏迷了好一段時間。

這段揑造的故事在某種程度上，就連平面國的女性也很難被說服，因為我們這個地區的南向引力實在太微弱了。好在，我的太太遠比一般女性來得體貼，她看得出我有些異常與過度興奮，於是便沒再追問下去，只要求看似生病的我務必好好休息。於是，我總算能靠著這個藉口溜回房裡，靜靜地反思昨夜的經歷。我嘗試著重建出第三個維度，特別是「如何利用移動正方形以創造出立方體」的過程。可惜的是，不管我怎麼努力都沒辦法成功，我記得關鍵在於「向上移動，不是向北移動」，因此，我決定把這句話牢牢地烙印在腦海裡，作為重新撬開三維世界大門的密碼。我不斷複誦著這句話，像是唸咒語一般：

「向上移動，不是向北移動。」

「向上移動，不是向北移動……」

終於，一股巨大的睡意襲來，我忍不住闔上雙眼，深深地進入了夢鄉。

我做了一個夢。我感覺自己又回到了球體的身邊，他散發的光澤透露出他不再生氣，並且已經原諒了我。我的老師向我指了指遠方一個非常小的亮點，示意我們一起過去瞧瞧。靠近時，我的耳中聽見一陣嗡嗡作響的聲音，彷彿是立體國的蒼蠅在飛舞。那聲音極度微小，儘管整個空間中沒有其他聲響，我們依然得靠近到大約二十位平面國國民對角線長度的距離，才稍微能將那聲音聽得清楚點兒。

「看看那裡。」球體說，「你活在平面國裡，你在夢境中看過直線國，你也曾與我一起造訪了立體國。現在，為了讓你經歷這一切，我引導你一路往下，來到最低階維度的存在──點之國──零維度的混沌。

你旁邊這隻可憐的生物──點──就像我們一樣，是活生生的人，只是他被限制在零維度的深淵中。他自己即是他的世界，他的空間，他無法感應到自己以外的其他事物，沒體驗過維度的他也不知道什麼是長度、寬度，更別提高度了。他無法算數，連二是什麼都不知道，絲毫不具備『複數』的概念。在點之國，他就是一切。

但從我們的角度來看，他只是一個最渺小的存在。不過，你可以好好留意他那極端的狂妄與自大。自大只會顯得無知，讓人討厭。『與其無知地享受脆弱的快樂，不如接受啟發，獲得更多知識』。這是我希望你能從他身上學到的教訓。現在，仔細聽聽他的聲音吧。」

球體停止說話。我聆聽那細小的生物持續發出的聲響。那聲響單調、微弱而清晰，有如立體國的留聲機一般，重複著同樣的句子。終於，我總算聽明白了他在說些什麼：

「存在即是最大的幸福，人生最終的目的！除此之外這世界上再沒有別的意義了！」

「嘎？」我說。「這隻小傢伙在說什麼鬼話？」

球體說：「他指的就是他自己。你以前都沒注意過嗎，小嬰兒或那些幼稚到無法分辨自己和這個世界關係的愚人，提到自己時都會用第三人稱嗎？安靜點，先別說話，繼續聽！」

這小傢伙繼續自言自語：「他填滿了整個空間，而他所填滿的空間，就是他的一部分。他想到什麼就說出什麼，他說出什麼就會聽到什麼，他同時負責思考、負責演說、負責聆聽；思想、言論、傾聽，三位一體的他既是自己，又是全部，啊！快樂！他真是快樂的生物。」

「這小傢伙竟然對自己的人生這麼滿足！您難道不對此訝異嗎？」我對球體說，「請趕快告訴他什麼才是真實世界，就像您啟蒙我那樣。開啟他那只看得見點之國的渺小視野，將他帶到更高維度的世界吧。」

但是，球體說：「這不是一件簡單的任務，不然，你自個兒試試看吧。」

於是，我扯開喉嚨，對點吼道：「閉嘴，閉上你的嘴。你這個可悲的小傢伙。你說你自己即是全部，但你其實什麼也不是。你所謂的空間，只是直線上一個小到不能再小的片段，而直線也不過只是一條影子，要是比起……」

「好了，好了，閉上嘴吧，你說得夠多了。」

球體打斷我，繼續說道：「現在來聽聽看，對這位點之國的國王來說，你的長篇大論會收到怎樣的效果吧。」

點之國國王聽完我的話之後，竟然變得更加光芒耀眼，展現出他前所未有的自滿。在我還來不及停話前，他忽然先一步哼起歌來：「啊，真開心！思想的偉大真令人開心！還有什麼是思考無法做到的呢！思考會自己產生思考，滾滾而來，他會對自己鄙視的事情自動提出建議，能夠增加自己的快樂！透過甜美的自我思辨，才能激發出真理啊！啊，這真是萬物合一的神聖存在，真開心，存在真令人感到喜悅啊！」

「看吧。」我的導師說道，「這就是你長篇大論的效果。對點之國國王來說，就算能接受你的論點，但他會以為這是他自己想到的。因為他無法感受到『他人』的存在。他會宣稱他的『思考』多元，能產生不同的想法，而你方才的話，就是一個最好的例子，證明他的思考擁有無限的創造力。讓我們離開這位點之國的上帝吧，他無知到以為自己無所不知，無能到以為自己無所不在。我們完全無法將他從他巨大的自滿中拯救出來。」

之後，我們緩緩地飛回到平面國，我聽見球體用溫柔的語調，對我解釋這場夢境的意義，鼓勵我不僅要試著了解更多，更必須啟蒙其他國民，讓他們也理解所謂的真相。他承認他先前曾對我發了些脾氣，因為我向他要求進入三維世界以上的更高維世界。但之後他同意了我的想法，只是他不好意思在信徒面前承認自己的錯誤。於是，球體傳授我如何進入更高維度世界的祕密，如何藉由移動立體創造出超立體，藉由移動超立體創造出超超立體，這一切都完全服膺於「類比」之下，這麼簡單的事情，我猜，就算是平面國的太太們也應該能夠理解吧。

第二十一章　我如何試圖教導我的孫子關於三維的概念，結果……

隔天一早，我滿懷喜悅地醒來，迎接我即將展開的璀璨人生。我深信，我會將三維世界的福音傳遍整個平面國，就算是女性和士兵，也應該接受我的啟蒙。我打算先從我的太太開始。

正當我決定採取行動時，窗外傳來要求街上的人們安靜的命令。接著，一位圓形的使者開始宣布些什麼。我仔細一聽，發現他正在宣布議會的決議：「要是有人宣傳虛假錯誤的觀念，宣稱自己接收到另一個世界的訊息，並藉此欺騙世人。我們將立刻逮捕、監禁、甚至處決這些人。」

絕對不能輕忽這樣的風險，我思考了一會兒，試圖避開這個危機。我決定不再提起三維世界的概念，而是改以直接展現的方式，這是最簡單也最直接的方法。如此一來，不用說的倒也沒什麼問題。

「向上移動，不是向北移動。」這是證明三維世界的關鍵密碼。只是我睡著之前還將這句話牢記在心，當我第一次醒來時，它也依然簡單地像是基礎計算題一樣。但現在，不知道為什麼，我卻開始有點不瞭解這句話的意義了。儘管這時我的太太剛好走進房裡，我們短暫交談後，我決定不要從她先開始傳道。

我的正五邊形兒子們都相當傑出，五個人都是聲譽良好的醫師，但數學並不太好。從這方面看來，他們也不是適合的人選。忽然，我想起我那位年輕乖巧的正六邊形孫子，具有數學天分的他，絕對是最適合的信徒人選。更何況，他還曾不經意地提及「三」的三次方的幾何意義，得到了球體的讚賞。何不從這位早熟的小孫子下手，將他當作我的第一位實驗對象呢？再說，跟一個小男孩討論三維世界的觀念應該很安全，他並不知道議會剛剛才宣布了什麼。反觀我那幾位兒子——既富有愛國心，又對圓形心懷無比的尊敬，他們對圓形的敬畏之情接近盲目無稽——如果我認真地向他們講述三維世界的道理，我不確定他們會不會把我移送法辦。

然而，我首先得做的，是滿足我太太的好奇心。她對於圓形突然造訪我們家的目的充滿好奇，也很想知道他又是如何進入家裡的。在此，我就對於我是如何向太太解釋的不多作交代了，因為我用的藉口恐怕跟諸君所知道的真相有不少出入。總之，我順利地讓她相信我的理由，並乖乖地回去做家事，沒多說些什麼，也沒再向我詢問三維世界的事情。完成這件事之後，我立刻去找我的孫子，告訴他一切的真相。我感覺到，我曾經看見、聽見的三維世界事物，此刻正以一種奇怪的方式從腦海中流逝，就像一場美妙的幻夢，此刻卻只記得一半左右，我企盼著趕快進行嘗試，收服我的第一位信徒。

當我的孫子走進房間時，我小心翼翼地關緊門。接著，我在他旁邊坐下，拿出我們的數學板（諸君應該會稱之為線），告訴他我們將繼續昨天的課程，我又教了他一次，如何在一維世界中，藉由移動一個點形成一條線；如何在二維世界中移動一條線以形成一片正方形。之後，我假裝笑出來，說道：「現在，你這個小孩子曾經想要我相信，藉著將一片正方形『向上移動，不是向北移動』，可以創造出另一個形狀，某種三維世界的『超正方形』。哈，愛作怪的小孩子，你不妨再說一次看看。」

這時，我們又聽見使者喊道：「圓形是正確的！圓形是正確的！（O yes! O yes!）」接著，街上再度傳來宣布議會決議的聲音。雖然我知道我那年輕但聰穎過人的孫子，從小到大就被教育成必須尊敬圓形，但是，此時他的舉動依然完全在我的意料之外。當使者宣布命令時，他默不作聲，等使者一說完，他立刻放聲大哭：「親愛的爺爺，我真的只是說著玩的，我當然不知道那是什麼，而且當時我們完全不知道方才頒布的新法令啊！我不記得我說過任何關於三維世界的話，我更可以確定我沒說過『向上移動，不是向北移動』這種蠢話，您知道的，一個東西怎麼可能往上移動，而不是往北移動呢？『向上移動，不是向北移動』！就算我只是小嬰兒，也不可能說出這麼荒謬的話，真的是太蠢了！」

「這一點都不蠢。」我失去了耐性，生氣地說：「舉例來說，我把這片正方形。」我一邊說著，一邊抓起一片可以移動的正方形，放在手上，「然後我移動它，你瞧瞧，我現在不是把它向北移動，而是向上移動。換句話說，我不是向北移動……而是往另一個方向……當然，我做的可能跟實際上有些出入，但某種程度上……」

我的話失去了句點，句尾在空氣中搖晃。我做不到，我只能看似漫無目的地晃動手中那片正方形。這樣的行徑把我的小孫子給逗樂了，他破涕為笑，笑得比前都來得大聲，他認定我不是在教導他，而是在陪他玩耍，逗他開心。他一邊笑著，一邊離開了房間。我首次嘗試收服三度世界的信徒就這麼以失敗告終。

第二十二章　我如何透過其他方法散布三維世界的理論，最後……

在孫子身上的失敗嘗試，讓我再也提不起勁告訴其他家人關於三維世界的祕密。不過，我也沒因此喪失信心就是了。我想，我不能只依賴「向上移動，不是向北移動」這個關鍵句，而是應該尋求別的方法，以便更完整地將三維世界的概念呈現在眾人面前。為了實現這個目的，我決定開始寫作。

接下來，我花了好幾個月來撰寫這份關於三維世界祕密的論文著作。為了盡可能地規避法律，我宣稱書中描繪的第三維度不是一個真實的維度，這一切都是來自一個我稱為「想像國」的地方。在想像國裡，一片圖形可以俯視平面國，因此能看見一切事物的內部。在那裡，還有一個由六片正方形包圍組合而成，一共有八個端點的形狀存在。

撰寫這本書時，巨大的無力感不時地向我襲來：我無法畫出必要的輔助圖片，因為平面國裡的書寫板只是一條線段。在線段上沒辦法畫出平面或立體，只能畫出各種長短、明暗不同的線段。當我完成了這本名為《從平面國到想像國》的論文時，我不確定到底有多少人能理解我真正想傳達的意義。

與此同時，我的生活籠罩在層層陰霾之下。所有原本讓我感到開心的事物，此刻都彷彿隔了層膜，再也不有趣了。每件我看到的東西，都讓我忍不住將他們呈現在我眼前的模樣，與三維世界的真實樣貌做比較。這一切彷彿在引誘我說出會讓我揹上叛亂罪名的三維世界祕密。我無視客戶的需求，不關心我的工作，只專注於我曾經見過，但現在無法透漏給任何人知曉的祕密之中。更糟糕的是，我發現，隨著日子一天天過去，我越來越沒法子在腦海中重建我曾看過的三維世界畫面了。

在我從立體國回來的十一個月後的某一天，我閉上眼睛，試著想像立方體的模樣，起先，我失敗了，儘管最終我總算獲得了成功，可是我也不確定那是否真的就是我原本所看見的立方體模樣。這讓我感到更加哀傷。即使我依然毫無頭緒，但我覺得應該採取行動的時候到了。只要能讓人們相信三維世界的存在，那怕犧牲我的性命也在所不惜。但我甚至連自己的孫子都無法說服，又該怎麼讓平面國最高貴的圓形們信服呢？

這段期間，我時常情緒化地在公開場合發表不該說的言論。托這些行徑之福，即使我還沒被認定是叛亂者，大家也早已察覺我異於常人。在如此危險的處境下，我仍舊每天努力地活著。然而，有些時候我真的沒有辦法控制自己，甚至在最高階的多邊形以及圓形面前說出近似煽動的話語。好比有一次，人們聊起應當如何對待那些宣稱自己可以看到事物內部的瘋子時，我引用了一位圓形先人說過的話：「對於先知與被啟蒙的賢人，社會常將他們誤認為瘋子。」有些時候，我更會忍不住脫口而出：「能看到內部的眼睛」、「可以看見一切的國度」。有一兩次，我甚至讓「第三和第四個維度」這種禁忌的話從自己口中溜出來。

然而，有時我的精神漫遊凌駕於自我之上，接踵而來的是一連串的失言，在一場舉行於當地圓形長官家的會議中，這所有的一切畫上了句點。當時，某些無比愚蠢的傢伙朗誦一份文件，裡頭解釋了為何上帝將維度限制在二，以及為何只有至高無上的神才能擁有看見一切的能力。就在這個瞬間，我不顧一切地講出了我造訪立體國的奇妙旅程：球體如何帶領我到立體國，我們又如何下降到大都會的議會中心，然後回到立體國，接著再回到我家。我把我所見到的、聽到的、甚至夢到的一切都講了出來。一開始，我還假裝我是在描述一位虛構人物的虛擬經驗。但我對三維世界的狂熱，讓我最終忍不住脫下了偽裝，坦承了一切。最後，由於說得太投入了，我竟然鼓勵起所有聽眾脫下他們的成見，相信三維世界的存在。

不用說也知道，我馬上就被扭送到了議會。

隔天清晨，我站在幾個月前才和球體一同造訪過的地方。我被允許重複一次我的故事，不會有人提出質疑、也不會有人貿然打斷我。但早在我開口之前，我就預見了我的命運。我看見主席請那些擁有較佳角度的警衛（大約是五十五度左右）退下，換上來的是角度很小，僅有二或三度角的警衛。我太清楚這動作的意義了。為了不讓我的言論洩露，凡是聽到過的警衛也都得處以死刑。因此，主席才用將比較優秀的警衛換成這些劣等的傢伙。這意味著我將被處死或者終身監禁。

當我替自己辯護完後，可能是意識到有些年輕的圓形被我誠摯的信念打動，主席問了我兩個問題：

一、我提到「向上移動，不是向北移動」，我是否能指出「向上」這個方向究竟通往何處？

二、我是否可以用畫圖或更進一步的方式解釋我口中的「立方體」，而不是一味地列舉假想的邊與假想的角度？

我告訴他，我沒辦法做到這些。但我信奉真理，而真理必會獲得最終的勝利。主席回答我，他同意我這句話，也知道我沒辦法做到這些。他判我終身囚禁。如果真理是站在我這邊的，我理當可以向上浮起，從牢獄脫困，向整個平面國傳授三維世界的福音。「真理應該會讓這件事情發生吧。」主席最後說道。接著他宣告，除了防止我逃跑的措施外，我不會遭受到任何不當的待遇，我甚至還被允許可以偶爾探望我那比我更早入獄的哥哥。

七年的時光就這麼過去了，如今，我依然是一名囚犯。與外界徹底隔絕，除了偶爾可以去拜訪我哥哥之外，只能和獄卒有所接觸。我哥哥是最棒的正方形之一，他正直、樂觀、對我也有著深厚的手足之情。但我得承認，與他每周一次的會面，至少從某一個角度而言，讓我嘗到了最深刻的痛楚。當球體降落在議會大廳時，我哥哥人就在那兒。他目睹了球體改變自己展現出來的圓形大小，他聽見了球體向圓形們解釋的一切。此外，那之後的整整七年，他幾乎每週都在聽我重複解釋那次事件中我扮演的角色，我告訴他我在立體國看到的一切，並且利用類比技巧，向他證明立體事物的存在。但我必須羞愧地承認，我哥哥迄今依然無法掌握三維世界的奧秘，他老實地告訴我，他完全不相信有球體的存在。

我再也沒有信心能說服任何人了。千禧年那天呈現在我眼前的一切事物，如今看起來一點意義也沒有。立體國裡的普羅米休斯能將火焰帶給人類，但我這個悽慘的平面國版本的普羅米修斯——躺在監獄裡，沒辦法帶給我的同胞們任何東西。我只好將一切的希望寄託於這本回憶錄。我希望，或許這本回憶錄能用某些我現在無法知曉的方式去激勵人心，引起革命，讓人們拒絕永遠被限制在有限的維度之內。

唉！以上是我樂觀時的想法，很多時候我並不是這樣想的。我得坦承，我已經不確定自己是否能精確地想起那僅僅看過一次，卻時時掛念在心中的立方體究竟長得什麼模樣了。深夜，「向上移動，不是向北移動」這句話像吞噬靈魂的斯芬克斯一樣，吞噬了我所有的夢境，只剩它獨自盤旋不去。為了真理，我被這些沉重的回憶壓得喘不過氣，承受著殉教者的痛楚。每當我精神衰弱的時候，我會看見不可能出現此處的立方體和球體，從眼前快速閃過；我甚至會覺得，不論是三維世界、一維世界、甚至零維度世界，都彷彿是夢中的妄想。甚至到了最後，眼前這堵將我與自由隔絕的高牆，手中這條我正在書寫的寫字板，平面國裡的一切事物，都彷彿有如虛幻不存在一般。所有一切的一切，僅僅是場虛無飄渺的夢境罷了。

推薦文：

Upward, not Northward!!!

難攻博士

距離《平面國》（Flatland：A Romance of Many Dimensions）英國初版發行的一八八四年，至今已經一百三十多個年頭過去了。此時此地，替這本經典奇書撰寫「導讀」，心中確實百感交集。

百年前的英國，該有著跟此時此地多麼遙遠的時空跨度啊！但《平面國》裡所廓繪的一切寓意之言、警世之論、諷刺之譏和拍案之妙，今日讀來卻無一不與荒謬的時局若合符節，彷彿作者愛德溫（Edwin Abbott Abbott）早已真的取得維度（Many Dimensions）間自由穿梭的能力，在遍歷人類從古至今、縱橫寰宇的愚蠢歷史之後，留下了這本靜待覺者的「啟蒙之書」……

《平面國》這本小書，大致可被切成「平面世界／其他維度世界」兩個完整部分，幾乎就像《聖經》被分為「舊約／新約」一般——前者為你建構起思想輪廓和認知基礎；而後者則開始試圖昇華你的認知體系，帶你脫離好不容易才建立起的「意識形態舒適圈」，挑戰你想像力的極限、並體會「意識形態生長痛」！

主角A Square以第一人稱向你介紹「平面國」的風土民情，告訴你「平面國」是如何以「邊角關係」建立起一整套的社會制度及階級體系。

在這樣一個（對你而言）壓扁了的世界裡，貴族種姓、禮儀政治、宗教倫理、刻板教育、歧視規訓、革命叛變……這些原本（對你而言）在現實世界中抽象無比的權力關係，統統以「清楚到不行」的方式浮現眼前。只要運用一點點想像力，你應該會莞爾一笑，然後陷入沉思……

緊接著，A Square為你超展開他的「奇遇記」：

先是夢到比「平面國」還低階的「直線國」，讓你隔著小說嘲笑「直線國王」那種「天上天下唯我獨尊」的夜郎自大；然後，A Square遇見了從「立體國」如天神般降臨的「球體」，他比所有近乎圓形的神職人員「還要完美」、祂能隨意變換大小並任意穿梭於「平面國」任何地點，他向A Square開示了關於「立體國」的終極祕密，並帶著他親眼目擊這不可思議的一切……

是的，被「神」所揀選的A Square因此而寫下了《平面國》這本《啟示錄》（Book of Revelation），也最終踏上了幾乎所有「先知」都曾經歷的苦難悲劇……

說《平面國》是人類文明史上難得一見的「驚世之作」，其實絕對不嫌過譽。因為作者Edwin Abbott Abbott還非得一人分飾多角，《平面國》才得以誕生問世——

首先，他得是個邏輯清晰的「數學教授」，否則，《平面國》書中那些錯綜複雜、跨越維度的幾何知識，將無法被正確架構及描述出來。

其次，他得是個對現實社會悲天憫人的「革命先知」，如此才得以洞悉當時英國階級社會（及無數人類文明）裡所潛藏的荒謬禮儀規訓和意識形態騙局。

再者，他還得是個難得一見的「絕世鬼才」，不然，沒有人能把「以數學原理諷喻社會現實」的不可能任務，透過一次又一次令人拍案叫絕的「類比／對位／譬喻／諷刺」，赤裸裸地呈現在讀者眼前。

最後，他本身還得是個擁有生花妙筆的「聰慧作家」，將上面那些既理性又有感、既抽象又具體、既陌生又熟悉、既虛幻又真實的「道理」，悉數轉化為躍然紙上的精彩故事，讓我們能在奇觀奇遇之中，恍然大悟某些人類文明故步自封、愚蠢至極的「真理」。

這不禁讓我想起俄裔小說家納布可夫（Vladimir Nabokov；一八九九～一九七七）曾經說過的名言：

「科學離不開幻想，藝術離不開真實。」

（There is no science without fancy and no art without fact.）

行文至此，似乎有點悲從中來。

我想，就算是在這百年後的華人社會，應該也沒人能寫出另一本像《平面國》這麼才華洋溢又發人深省的經典奇書吧……

我們有一籮筐的科學專家，但他們似乎失去了跟社會脈動同心同理的共感能力；我們有一籮筐的文學作家，但他們似乎比較喜歡傷春悲秋虛無飄渺風花雪月遺世獨立；我們有一籮筐的社會學者，但他們似乎也很難發揮想像力與幽默感、運用邏輯和創意，說出一則又一則老嫗能解的勸世諷世警世驚世故事集！

長久的理工文史教育分工、長久的愚民政策媒體洗腦、長久的事不關己已不關心、長久的短視近利功利主義，我們非但無法培養出足以引領華人文明「向上移動，不是向北移動」（Upward, not Northward）這樣能夠跳脫框架、另闢新局的「人才」；甚至，當偶有如此「先知」出現在眾人眼前時，我們若非選擇視若無睹，就是加入統治階級獵殺女巫、燒死異端的反智行列。

難道，我們才是活在「平面國」裡的扁平生物嗎？還是等而下之，根本就是「直線國」裡那個「天上天下唯我獨尊」的自大夜郎？

別急著搖手否認，也別急著笑看旁人——

看看身邊，有多少人還在非統即獨、非藍即綠，完全拒絕其他可能性的討論與存在！

看看身邊，有多少人還在以膚色外貌、體型身材、品味性向和口音出身歧視他人！

看看身邊，有多少人還在揮舞道德大旗消滅異音、狂吹正義號角迫害異己！

看看身邊，有多少人還認不清自己就是被囚於壓縮牢籠中的可憐奴隸，在統治者跟資本家挑撥下互相監督、彼此攻擊，忘了「敵人不在左右，敵人就在上頭」這個顯而易見的社會不義！

在思想上如此地缺乏「立體感」的你，還好意思嘲笑「平面國」的一切嗎？

我想，《平面國》的偉大作者Edwin Abbott Abbott（注意到他名字裡的A Square嗎？）一定是柏拉圖的忠實信徒。當一個人偶然逃出終生囚禁的洞穴，眼睛見過光明、痛苦適應新境、心中了然一切，趕忙回到洞裡向同伴傳播自由福音的時候，如此的「先知」會受到奴隸們如何的瘋狂對待……

不過他也知道，一旦你嚐過思想解放的滋味，從「直線國」到「平面國」、從「平面國」到「立體國」，甚至從「立體國」再跳脫三界之外……我想，「先知」是打死也不會想再回到蒙昧洞穴裡去的。

當然，如果你連這本印在平面上的《平面國》都不打算翻開、翻開也讀不下去，那就好好地繼續當你的奴隸吧。

譯者跋：

比貴夫人果菜汁還要多功能的小說

賴以威

退化到沒有手機跟臉書的時代就已經夠無趣了，竟然連維度都能退化，得來到二維世界的平面國？——這是當初翻譯平面國時，第一個從我腦海裡浮上來的氣泡。

開始翻譯，低頭俯瞰平面國的生活後，我才發現，因為退化到沒有網路、沒有臉書，連身高都沒有（對我這種矮個子來說真是福音來著）的世界，那些隱藏在現實生活中無法撼動的社會階級制度、人性盲點、各式各樣的偏見，反而變得無比清晰。

從這個角度來看，平面國比我們的三維世界更立體。

階級制度的存在

舉例來說，住在仁愛路上的上流人士，和我家附近公園的流浪漢，最起碼脫掉衣服，他們的外貌體型也沒有什麼太大差別。而書的第一章即提到，在平面國的階級制度中，不同階級的國民，外表不同截然。最底層的是等腰三角形，再來是正三角形、正方形、正五邊形，越來越高貴，直到站在社會頂點的圓形。

乍聽之下似乎跟我們差很多。

但是從平面國國民的眼睛看出去，不同的形狀全都成了一條直線，幾乎沒有任何差別。換句話說，對平面國的人而言，幾何形狀是「肉眼無法察覺，但確實存在的差異」。平面國的人，邊是他們的外在軀殼，面則是他們身體內在。縱然他們有長在邊上的「肉眼」，可以看見東南西北，但唯有擁有一顆長在「面」上的「心眼」，才能看見平面，真正用肉眼看見不同幾何形狀的差異。

這整串道理，不也適用於活在三維世界的我們嗎？

因為相同的外表，讓我們一直誤以為人與人是相等的。但實際上，人與人之間相差非常多，這邊指的差距，不一定是隱藏的社會階級，也可能是思維、個性。甚至可以說，每個人之間恐怕只有外表相同而已。

但同樣受限於維度，我們也少一隻長在腎臟或胃旁邊的心眼，能幫助我們看見這樣的差異。所以，不管是平面國還是立體國，我們都有著相似的社會經歷：永遠有階級制度，不存在所謂的平等；階級永遠是個倒三角形，少數人握有巨大的權力，享有最多的資源，還能繼續階級複製，世襲社經地位。

在平面國，社會底層的等腰三角形只要夠努力，最小的頂角就會逐漸增加，最終成為正三角形，從奴隸階級進入正常人階級。在正常人階級裡，每一代都會增加一道邊，只要不犯錯，即可代代朝成為圓形的夢想前進。這跟我們鼓吹的「努力就能有成就」的階級流動制度非常相似。然而，當作者透過另一個角度來分析時，一切就不是這麼一回事了：對上層社會的人來說，提供一點希望是必要的，因為只要沒絕望，就不會有革命，只要有希望，就能拿來利用，鞏固社會階級制度，讓底層的人無法團結一致。明明都是被剝削者，卻被分化成對立的兩方相互攻擊。這在我們的歷史、現今的社會上已屢見不鮮。

另一段令我印象深刻的是，平面國的階級制度非常荒謬，底層階級的人會被綁在教室裡當教學標本，甚至餵他們吃東西都嫌浪費，餓死了，直接換另一個奴隸當樣品還比較好。

這樣還有人權嗎？

埋怨的同時，我突然想起街角馬路上，幾位穿著運動鞋，舉著自己一輩子也買不起的建案廣告看板的老先生。階級制度從來沒消失，過分的事情隨便抓都是一大把，只是，我們起先覺得不忍心而撇過頭，久而久之要是沒人提醒，就真的看不見了。

階級制度的必要

如果只到這邊就結束，《平面國》也無法達到它現在經典寓言小說的地位。數次被製作成動畫，連當代知名的數學科普大師 Ian Stewart 也替它寫了一本注釋《The Annotated Flatland：A Romance of Many Dimensions》。

作者在這短短的篇幅裡，不僅止於描述階級制度的無情，更進一步提出「階級制度被推翻真的好嗎？」的反思。

平面國曾經發生過一場「彩繪革命」。這場革命中，底層的等腰三角形幾乎推翻了社會的階級制度，一度只剩下最高階級的圓形還在反抗而已。但這場革命，最後卻因為底層階級的人在圓形煽動下起內鬨，自我毀滅了。圓形的理由很簡單：**要是沒有階級制度，決定權便會落在最大的族群手中。而最大的族群是沒有智商、沒有能力的等腰三角形。正方形、正五邊形們，諸位願意被這些人統治嗎？**

比起作者當時（一八八四年）的時空背景，生活在網路時代的我們對這段話或許會更有感觸。

雖然民主很好，但群眾的盲目、不理性，有時候反而阻礙了社會的發展。更進一步地想，或許階級制度終究不是某些人刻意製造出來，而是如同樹木生長一樣，自然而然的演進過程，就算我們把一邊的陽光遮住了，它還是會繞過那塊陰影，從別的地方探頭出來。

最後，也是最重要的，這本小說除了豐富的寓言意義外，同時還是一本被譽為大學生都該看的，關於解釋維度的最佳範本。包括了數學、小說、哲學、文學（抱歉如果沒有的話，是被翻譯者毀了）。

買一顆健達出奇蛋，或是一捲七合一任天堂卡帶，或者一臺貴夫人多功能果菜汁機，都沒有這麼划算吧！

平面國—向上，而非向北
（Flatland: A Romance of Many Dimensions）

作者／插圖　愛德溫．A．艾勃特（Edwin Abbott Abbott）
譯者　賴以威
副社長　陳瀅如
總編輯　戴偉傑
責任編輯　鄭琬融
行銷企劃　李逸文、尹子麟
封面設計　張湧輝
插圖後製　楊玉瑩
排版　極翔企業有限公司

出版　木馬文化事業股份有限公司
發行　遠足文化事業股份有限公司（讀書共和國出版集團）
地址　231 新北市新店區民權路 108-3 號 8 樓
電話　02-2218-1417
傳真　02-8667-1065
E-mail　service@bookrep.com.tw
郵撥帳號　19588272　木馬文化事業股份有限公司
客服專線　0800221029
法律顧問　華陽法律事務所　蘇文生　律師
印刷　成陽印刷股份有限公司
初版一刷　2019 年 12 月
初版五刷　2024 年 5 月
定價　新台幣 280 元
ISBN　978-986-359-733-9

國家圖書館出版品預行編目 (CIP) 資料

平面國：向上，而非向北／愛德溫．A．艾勃特
(Edwin Abbott Abbott) 作；賴以威譯 . -- 初版 . -- 新北市：木馬
文化出版：遠足文化發行，2019.12
面；　公分
譯自：Flatland : a romance of many dimensions
ISBN 978-986-359-733-9 (平裝)
873.57　　108016712

或或或或或或或或或或或或或或或面面面面面面面面面面面面面面面面面平平平平平平平平平平平平平平
或或或或或或或或或或或或或或或面面面面面面面面面面面面面面面面面平平平平平平平平平平平平平平
或或或或或或或或或或或或或或或面面面面面面面面面面面面面面面面面平平平平平平平平平平平平平平
或或或或或或或或或或或或或或或面面面面面面面面面面面面面面面面面平平平平平平平平平平平平平平
或或或或或或或或或或或或或或或面面面面面面面面面面面面面面面面面平平平平平平平平平平平平平平
或或或或或或或或或或或或或或或面面面面面面面面面面面面面面面面面平平平平平平平平平平平平平平
或或或或或或或或或或或或或或或面面面面面面面面面面面面面面面面面平平平平平平平平平平平平平平
或或或或或或或或或或或或或或或面面面面面面面面面面面面面面面面面平平平平平平平平平平平平平平
或或或或或或或或或或或或或或或面面面面面面面面面面面面面面面面面平平平平平平平平平平平平平平
或或或或或或或或或或或或或或或面面面面面面面面面面面面面面面面面平平平平平平平平平平平平平平
或或或或或或或或或或或或或或或面面面面面面面面面面面面面面面面面平平平平平平平平平平平平平平
或或或或或或或或或或或或或或或面面面面面面面面面面面面面面面面面平平平平平平平平平平平平平平
或或或或或或或或或或或或或或或面面面面面面面面面面面面面面面面面平平平平平平平平平平平平平平
或或或或或或或或或或或或或或或面面面面面面面面面面面面面面面面面平平平平平平平平平平平平平平
或或或或或或或或或或或或或或或面面面面面面面面面面面面面面面面面平平平平平平平平平平平平平平
或或或或或或或或或或或或或或或面面面面面面面面面面面面面面面面面平平平平平平平平平平平平平平
或或或或或或或或或或或或或或或面面面面面面面面面面面面面面面面面平平平平平平平平平平平平平平
或或或或或或或或或或或或或或或面面面面面面面面面面面面面面面面面平平平平平平平平平平平平平平
或或或或或或或或或或或或或或或面面面面面面面面面面面面面面面面面平平平平平平平平平平平平平平
或或或或或或或或或或或或或或或面面面面面面面面面面面面面面面面面平平平平平平平平平平平平平平
或或或或或或或或或或或或或或或面面面面面面面面面面面面面面面面面平平平平平平平平平平平平平平
或或或或或或或或或或或或或或或面面面面面面面面面面面面面面面面面平平平平平平平平平平平平平平
或或或或或或或或或或或或或或或面面面面面面面面面面面面面面面面面平平平平平平平平平平平平平平
或或或或或或或或或或或或或或或面面面面面面面面面面面面面面面面面平平平平平平平平平平平平平平
或或或或或或或或或或或或或或或面面面面面面面面面面面面面面面面面平平平平平平平平平平平平平平
或或或或或或或或或或或或或或或面面面面面面面面面面面面面面面面面平平平平平平平平平平平平平平
或或或或或或或或或或或或或或或面面面面面面面面面面面面面面面面面平平平平平平平平平平平平平平
或或或或或或或或或或或或或或或面面面面面面面面面面面面面面面面面平平平平平平平平平平平平平平
或或或或或或或或或或或或或或或面面面面面面面面面面面面面面面面面平平平平平平平平平平平平平平
或或或或或或或或或或或或或或或面面面面面面面面面面面面面面面面面平平平平平平平平平平平平平平
或或或或或或或或或或或或或或或面面面面面面面面面面面面面面面面面平平平平平平平平平平平平平平
或或或或或或或或或或或或或或或面面面面面面面面面面面面面面面面面平平平平平平平平平平平平平平
或或或或或或或或或或或或或或或面面面面面面面面面面面面面面面面面平平平平平平平平平平平平平平
或或或或或或或或或或或或或或或面面面面面面面面面面面面面面面面面平平平平平平平平平平平平平平
或或或或或或或或或或或或或或或面面面面面面面面面面面面面面面面面平平平平平平平平平平平平平平
或或或或或或或或或或或或或或或面面面面面面面面面面面面面面面面面平平平平平平平平平平平平平平
或或或或或或或或或或或或或或或面面面面面面面面面面面面面面面面面平平平平平平平平平平平平平平
或或或或或或或或或或或或或或或面面面面面面面面面面面面面面面面面平平平平平平平平平平平平平平
或或或或或或或或或或或或或或或面面面面面面面面面面面面面面面面面平平平平平平平平平平平平平平
或或或或或或或或或或或或或或或面面面面面面面面面面面面面面面面面平平平平平平平平平平平平平平
或或或或或或或或或或或或或或或面面面面面面面面面面面面面面面面面平平平平平平平平平平平平平平
或或或或或或或或或或或或或或或面面面面面面面面面面面面面面面面面平平平平平平平平平平平平平平
或或或或或或或或或或或或或或或面面面面面面面面面面面面面面面面面平平平平平平平平平平平平平平
或或或或或或或或或或或或或或或面面面面面面面面面面面面面面面面面平平平平平平平平平平平平平平
或或或或或或或或或或或或或或或面面面面面面面面面面面面面面面面面平平平平平平平平平平平平平平
或或或或或或或或或或或或或或或面面面面面面面面面面面面面面面面面平平平平平平平平平平平平平平
或或或或或或或或或或或或或或或面面面面面面面面面面面面面面面面面平平平平平平平平平平平平平平
或或或或或或或或或或或或或或或面面面面面面面面面面面面面面面面面平平平平平平平平平平平平平平
或或或或或或或或或或或或或或或面面面面面面面面面面面面面面面面面平平平平平平平平平平平平平平
或或或或或或或或或或或或或或或面面面面面面面面面面面面面面面面面平平平平平平平平平平平平平平
或或或或或或或或或或或或或或或面面面面面面面面面面面面面面面面面平平平平平平平平平平平平平平
或或或或或或或或或或或或或或或面面面面面面面面面面面面面面面面面平平平平平平平平平平平平平平
或或或或或或或或或或或或或或或面面面面面面面面面面面面面面面面面平平平平平平平平平平平平平平
或或或或或或或或或或或或或或或面面面面面面面面面面面面面面面面面平平平平平平平平平平平平平平
或或或或或或或或或或或或或或或面面面面面面面面面面面面面面面面面平平平平平平平平平平平平平平
或或或或或或或或或或或或或或或面面面面面面面面面面面面面面面面面平平平平平平平平平平平平平平
或或或或或或或或或或或或或或或面面面面面面面面面面面面面面面面面平平平平平平平平平平平平平平
或或或或或或或或或或或或或或或面面面面面面面面面面面面面面面面面平平平平平平平平平平平平平平
或或或或或或或或或或或或或或或面面面面面面面面面面面面面面面面面平平平平平平平平平平平平平平
或或或或或或或或或或或或或或或面面面面面面面面面面面面面面面面面平平平平平平平平平平平平平平
或或或或或或或或或或或或或或或面面面面面面面面面面面面面面面面面平平平平平平平平平平平平平平
或或或或或或或或或或或或或或或面面面面面面面面面面面面面面面面面平平平平平平平平平平平平平平
或或或或或或或或或或或或或或或面面面面面面面面面面面面面面面面面平平平平平平平平平平平平平平
或或或或或或或或或或或或或或或面面面面面面面面面面面面面面面面面平平平平平平平平平平平平平平
或或或或或或或或或或或或或或或面面面面面面面面面面面面面面面面面平平平平平平平平平平平平平平
或或或或或或或或或或或或或或或面面面面面面面面面面面面面面面面面平平平平平平平平平平平平平平
或或或或或或或或或或或或或或或面面面面面面面面面面面面面面面面面平平平平平平平平平平平平平平
或或或或或或或或或或或或或或或面面面面面面面面面面面面面面面面面平平平平平平平平平平平平平平
或或或或或或或或或或或或或或或面面面面面面面面面面面面面面面面面平平平平平平平平平平平平平平
或或或或或或或或或或或或或或或面面面面面面面面面面面面面面面面面平平平平平平平平平平平平平平
或或或或或或或或或或或或或或或面面面面面面面面面面面面面面面面面平平平平平平平平平平平平平平
或或或或或或或或或或或或或或或面面面面面面面面面面面面面面面面面平平平平平平平平平平平平平平
或或或或或或或或或或或或或或或面面面面面面面面面面面面面面面面面平平平平平平平平平平平平平平
或或或或或或或或或或或或或或或面面面面面面面面面面面面面面面面面平平平平平平平平平平平平平平
或或或或或或或或或或或或或或或面面面面面面面面面面面面面面面面面平平平平平平平平平平平平平平
或或或或或或或或或或或或或或或面面面面面面面面面面面面面面面面面平平平平平平平平平平平平平平
或或或或或或或或或或或或或或或面面面面面面面面面面面面面面面面面平平平平平平平平平平平平平平
或或或或或或或或或或或或或或或面面面面面面面面面面面面面面面面面平平平平平平平平平平平平平平
或或或或或或或或或或或或或或或面面面面面面面面面面面面面面面面面平平平平平平平平平平平平平平
或或或或或或或或或或或或或或或面面面面面面面面面面面面面面面面面平平平平平平平平平平平平平平
或或或或或或或或或或或或或或或面面面面面面面面面面面面面面面面面平平平平平平平平平平平平平平